おかえり。ただいま いただきます

～わたしと彼女の獲れたてごはん～

しまさきジョゼ

装画　しまざきジョゼ
装幀　ＥＹＥＤＥＡＲ

おかえり。ただいま。いただきます。
～わたしと彼女の獲れたてごはん～

目次

序　記憶の中の音

ドンッ、という大きな音が、冷たい空気を震わせた。

思わず口を引き結び、息まで止めて。少女は祖父の背中を見つめていた。祖父の手には、黒い猟銃《りょうじゅう》があり、そこから細い煙がすっとたなびいている。

「おじいちゃん……」

声を出してはいけない、と言われたから、囁《ささや》くようにつぶやいた。祖父はじっと、自分が弾を発射した方を見つめ、それからゆっくりと雪の上を歩き出した。

そこにあったのは、一頭の鹿《しか》だった。角が小ぶりで、枝分かれせずにつるんとしている。それが、雪の上にごろりと転がっていた。頭を撃ち抜かれ、もはやぴくりとも動かなかった。

「おじいちゃん」

もう少し大きな声で、少女は祖父に声をかけた。祖父はオレンジ色の帽子を被った頭を上げると、振り向いてからにこりと微笑んだ。その顔を見て、少女はようやくほっと、力が抜けた気がした。小走りで、祖父の傍《そば》に駆け寄り、そっと鹿を覗《のぞ》き込んだ。

「これが、芳造《よしぞう》さん家《ち》の畑を荒らした犯人？」

「さぁなぁ。鹿も猪《いのしし》も、いっぱいいっかんなぁ」

祖父はそう言うと、猟銃を肩に引っかけて、そっと手を合わせた。

「鹿は、悪いやつなんじゃないの？　だから、おじいちゃんが獲るんでしょ」

「悪いやつかい」

祖父は少し首を傾《かし》げた。

「鹿はただ生きてるだけだと、じいちゃんは思うなぁ。じいちゃんや茜《あかね》が、野菜や肉食わなきゃ生きてけねぇのとおんなじだ」

「わたしは、芳造さん家の大根、勝手に食べたりしないもん」

「そりゃそうだ」

祖父が笑う。真剣に言ったつもりだった少女は、少しだけ頬を膨らませた。そんな少女の頭を、ニットの帽子ごしに祖父がポンと叩《たた》く。

「人間のために、鹿を撃《う》つじいちゃんの方が、鹿から見たらよっぽどおっかねぇ悪者かもしんねぇな」

少女は言い返しかけ、黙った。動かない鹿をじっと見つめると、鹿が見つめ返してきているような。そんな錯覚を覚えた。

「雪が降ってきた。じいちゃんはこいつを解体すっけど、茜は一度帰っけ？」

「……ううん。最後まで、一緒にいる」

本当は、祖父が茜を帰したがっているのには気づいていた。きっと、ここにも連れて来たくなかったのだろうと思う。だが茜は敢《あ》えて、鈍感な子どものフリをしてやり過ごした。

祖父は「そうけ」とだけ頷《うなず》き、それ以上はなにも言わなかった。

ちらちらと、雪が舞い降りてきた。鹿の茶色い毛皮の上にも、ゆっくりと積もっていく。

少女は目を閉じると、そっと小さな両手を合わせた。

第一話　ご迷惑おかけいたしまして　―栃餅の汁粉―

「ぎゃっ」

春風那海《はるかぜなみ》は最初、その悲鳴を上げたのが自分だと思いもしなかった。

ただ冷たい駅のホームに転がりながら、体中の痛みを感じていた。階段から落ちたときに捻《ひね》った足首に、打った膝《ひざ》。反射的に手をついたから、頭はさほど強く打っていないだろう——と、那海は思っていた。

だが、身体は重く、動かない。

(ヤバい。なんだこれ)

看護師という職業柄、いろいろな症状の患者を看《み》てはきたが、自分がこういった状況になることは、不思議と想像していなかった。

(えー、なんだろ。階段で誰かから押されたわけじゃないし。ちょっとめまいっていうか……貧血? ヤバい。頭が回らない)

なにより「ヤバい」のは、ここが駅のホームだということだ。しかも、今は朝。通勤ラッシュをやや過ぎた頃とは言え、都内の駅は外出中の人でいっぱいだ。

　つまり。

「あれ、あの人ヤバくない？」

「マジ人が倒れてんだけど」

「駅員さん、人が倒れてますよー！」

　野次馬から親切な人の声、更にはスマホのシャッター音まで聞こえてきて、那海は危機感を強くした。

（まずいまずい。大丈夫ですから、今起きますから。ここからだと多分、運ばれるの職場だし！　救急車とか、お世話になるわけには――っ）

　しかし、那海の気持ちとは裏腹に身体は動かず、視界は暗くなり、意識が遠退《とおの》いていくのを感じる。

「大丈夫ですか？　駅員さん、こっちです！」

　呼びかけてくれる親切な誰かの声が、くぐもって聞こえる。

（大丈夫ですから。病院《職場》に運ばれるとか。ほんとム――）

　そこで、那海の意識は途切れた。

「オネェが倒れたのは過度の疲労と睡眠不足、そして軽度の栄養失調だろうということでした」

目を覚ましてすぐにそう言ってきたのは、年の離れた妹である沙那だった。

都内の大学に通う彼女は、じとりとした目を姉である那海に向け、足を組んでパイプ椅子に座っていた。ふだんであれば、背中まで伸ばしたふわりとした髪がよく似合うような人懐っこい笑顔を浮かべていることの多い彼女だが、今日はまるで違った。

「……ええっと」

「無茶はしないでって、あたしアレほど言ったよね?」

姉に言い訳の機会も与えず、沙那は叫ぶような声を上げた。「病院だから、静かに」と注意しようにも、その目じりにうっすら涙が溜《た》まっているのが見え、那海はそれを飲み込んだ。

代わりに、カーテンが開いて「他の患者さんもいるので」と、看護師が声をかけてきて、沙那が無言で頭を下げる。

「ごめん、加藤《かとう》ちゃん」

「いいえ。……お大事に」

那海が加藤と呼んだ看護師は、職場の同期の一人だ。やはり、運ばれた先は勤務先である総合病院だったらしい。「はぁ」と、那海はため息を吐いた。

「ごめんね、沙那。心配かけるつもりはなかったんだけど」

「むちゃくちゃ心配したし。病院から電話なんてなにごとかと思ったよ。デートだってドタキャンして来たんだから」

「え、彼氏ってこの前別れたって言ってなかった？」

「だから、新しい彼氏」

　那海の疑問に、当然のような口調で沙那がさらりと付け加える。「そんなことより」と、キッと目を吊《つ》り上げ。

「休みの人の穴埋めとか、ホイホイ手を挙げて、夜勤明けからの日勤、更に夜勤とかもやってたんだって？　それも、一度だけじゃなくて何度も！　どう考えてもおかしいでしょっ」

「だ、だって……人手が足りないってみんな困ってたしさぁ。わたし、体力ある方だし」

「キャパ以上に無理をしたから、今回みたいに倒れてんでしょ!?　しかもなに栄養失調って。ごはんもロクに食べてなかったの？　オネェ、あたしには散々栄養がどうのとか、ちゃんと食べないと逆に太りやすくなるだとか、いちいち言ってたくせに！」

「いやー、連勤続けるうちに、だんだん自分の食事とかどうでもよくなっちゃって」

　あはは、と笑う那海に、沙那は引きつった表情を見せる。また怒鳴るかと那海が身構え——しかし沙那は、抑えるような、静かな声で言った。

「そうやって他人を理由に、自分をないがしろにしちゃうのが、オネェの悪いところだよ」

「え……」

予想外の言葉に、思わず那海は固まった。

「そんなこと、なくない？」

「どの口がそういうこと言うかなぁっ！」

今度こそ、沙那が大声で叫んだ。

「友達に頼まれて中学ではバスケ部入って、高校では勉強時間潰してまでマネージャー業務やりまくって、父さんと母さんが事故で死んじゃってからはあたしのために看護師の勉強しながらバイトめちゃくちゃやって、今もあたしを大学通わせるために仕事めっちゃして……ッ」

言いながら、那海の目に溜まった涙が、ボロボロと零《こぼ》れ落ちていく。まるで子どもの頃のようで、那海は慌てて拭くものを探したが、見つける前に沙那は自分のハンカチでそれをぬぐった。

「――もう大丈夫だよ、オネェ」

はっきりとした口調で、沙那が言う。

「あたし、もう内定もらったし。しかも大手だから給与よくて、福利厚生もバッチリなの、彼氏通して確認してるから」

「新しい彼氏、就職先の人なんだ？」

「あたしが先に目ェつけてナンパした方だから。パワハラやセクハラとかで無理矢理付き合ってるとかじゃないから、そこは大丈夫」

「内定先でそれやるって強すぎじゃん？」

なんとなく感心してしまって唸《うな》ると、「そう」と沙那は頷いた。

「あたし、強いの。オネェのおかげでのびのび強く育ててもらったから、今度はオネェが自分のために、のびのび生きてよ」

「……」

沙那の目は、真剣だった。真剣に——姉を心配している。

「……別に、今が辛いわけじゃないんだけど」

「オネェはそう思ってるかもしんないけど、身体は正直なの！　もう無理ってなってるから、駅の階段でぶっ倒れて救急車騒ぎになんてなるんでしょ！」

そう言われてしまうと、グゥの音も出ない。その間に、沙那は更に詰め寄ってきた。

「オネェ。ここの仕事辞めて」

「は……？」

思わず、変な声が出てしまった。沙那は続ける。

「ただでさえ看護師の仕事なんて大変なのに、オネェはそれを余計に自分から背負い込むでしょ？　こんなのが続いたら、オネェ本当に死んじゃうよ」

「そうは言ってもなぁ」

那海はぽりぽりと頭を掻《か》こうとし、腕に点滴の管《くだ》が通っていることに気がついて我慢した。頭が、ちょっぴりむずむずする。

専門学校を出てから五年間、ずっとここで働いてきた。大変は大変だったが、ここを辞めた自分というのは、すぐに想像ができない。

「仕事の仕方については、気をつけるからさ。本当に、うん」

「……今までもそう言って、結局は似たようなことを繰り返して来たでしょ？　あたし、その点ではオネェをもう信用できない」

「えー？　ひどいなぁ」

「ひどいのはどっち!?　あたしは……ッ」

それまでべらべらと持論を展開していた沙那が、ぐっと言葉に詰まった顔を見せた。間違って、見せるつもりのなかった手札を相手にちらつかせてしまい――かといって、手元に引き上げるにも、もう遅い。そんな。

「……オネェにまで、なにかあってほしくない」

ぽつりと、こぼすように沙那は言った。

「オネェまで、いなくなってほしく……ない……ッ」

「沙那」

空いている手を伸ばしかけたが、それが頭に触れる前に、沙那は立ち上がってしまった。こちらを見下ろす目は赤いが、もう泣いてはいなかった。

「……とにかく、考えておいて」

仕切りのカーテンをサッと開いて、沙那が出ていく。宙ぶらりんの手の行き場に困り、那海はもう痒《かゆ》くなくなった頭を、そちらの手で掻いた。反対側なので、少し掻きにくい。

「……で、どうすんの？」

開いた隙間から声をかけてきたのは、加藤だった。ナースワゴンに手をかけて、沙那が去って行った方を見つめている。

「もしかして、聞いてた？」

「そんなヒマじゃないし。点滴交換しに来たら、たまたま」

那海の腕から繋《つな》がれたチューブの先を見つめながら、加藤が気軽な調子で言ってくる。

「妹ちゃんの気持ちも、分からなくはないよ。そりゃケチ医院長は人手不足をごまかせるから、あんたみたいに使い勝手がいいのは助かるだろうけど。今のままやってたら、ただの消耗品だよ」

「うーん」

今月に入ってから、産休をとった看護師の代打がなかなか見つからず、みんな必死で勤務を回している。頑張っているのは自分だけではないし、身軽な自分が少し多く出ることで子どものいる同僚や推し活だけを楽しみに日々を奮闘している仲間のためになるのなら、それが一番だと思っていた。

しかし。

『オネェまで、いなくなってほしく……ない……ッ』

沙那の真っ赤な目を思い出す。次いで、両親が事故でそろって亡くなったときの、泣くことも忘れた絶望の表情も。

本人が言う通り、沙那はあの頃に比べ成長し、強くもなったのだろう。那海が思っていたよりも、ずっと。那海の助けがなくとも、自分の足で――一人で歩いて行けるくらいに。

だがそれは、独りにしてしまってもいいという意味ではない。

「看護師、わりと楽しかったんだけどなぁ」

「あんた、患者と仲良くなるのも上手いしね」

わたしの独り言に、作業中の加藤がつぶやくようにして答える。その薬指には、真新しい指輪がはめられていた。

結婚したばかりの加藤だって、新しい生活の中で、これまでより忙しいことは増えているだろう。そんな同僚の仕事を現在進行形で、自分が増やしてしまっている。

「とりあえず今日夜勤入ってるから、それから考えるわ」

「……あんたねぇ。そういうところだよ」

加藤は呆《あき》れたように言うと、那海の腕から伸びる管に、新たな輸液バッグを刺した。

決めてしまえば行動が早いのは、那海の美点ではあった。

唯一の家族である妹にこれ以上心配かけるわけにはいかないと、那海は看護師長に相談し、引きとめられつつも倒れた一か月後には、引継ぎもすっかり済ませて身軽になっていた。

「あー。この先どうしよっかなー」

平日の真昼間に、ほとんど荷物のないアパートで、那海はごろんと床に横たわっていた。

窓の外は、青々と高い空が広がっていて、その下を歩く人たちは秋色のコートをはおりだしている。上野公園あたりまで散歩に行けば、きっとイチョウが色づき、気持ちよく身体が動かせるだろう。

――そうは思うものの、なんとなく頭と身体が重だるい。一言で言うと、やる気が出ない。

「なんか……面白いことないかなぁ」

スマホをタップしながら、求人情報のサイトを巡る。看護師は、総合病院から個人病院まで引く手数多《あまた》だ。それだけ、医療業界が人手不足ということなのだろう。

（でもそれじゃ結局、沙那にまた心配かけるんだろうしなぁ）

看護師が悪いのではない。確かに激務であることが多いが、勤務態勢に関して考慮してくれる病院も増えてきている。

「わたしが、あれこれ引き受け過ぎなければいいだけだったんだろうけど——」

が、沙那はその点に関して「もう信用できない」と断言してきた。那海もまた、沙那を心配させないかという点において、自分を信用できない。

「結局、逆に迷惑をかけちゃうことになったから辞めたわけなんだし……うーん。そうだ」

そもそも自分を変える自信がないから辞めたのだから、似たような環境に戻ったところで意味がない。全然別の環境を探してみるのはどうだろうか、と那海はスマホを指で弾いた。

「都会ならではの忙しさって、やっぱりあるし……田舎だったら、もう少しまったりやれそうじゃん？　そこで、なにか新しいことをやってみるのもアリなんじゃないかな」

　昔、那海と沙那の母も、リタイア後の移住特集番組を見ながら、「こういう田舎でパン焼いて暮らすとか、のんびりしてていいわねぇ」などと言っていた。結局、母がパンを作ったことなど一度もなかったが（「だって近くに美味しいパン屋さんがあるのに、わざわざ自分で作る必要もないじゃない？」）。

「田舎、田舎……でも、沙那のこと考えたら、あんまり東京から離れすぎてるのもなー。へー、北関東なら新幹線で一本で行けるんだ……だったら……」

　むくっと身体を起こして、検索を広げていく。

　新幹線一本で行けるような地方。いかにもまったり生活していそうな田舎の方が、きっと沙那にも心配をかけない。

（それとも逆に心配しちゃうかな？　わたしも沙那も、東京から出たことないしなぁ）

「……ん？」

　ふと、検索結果上部に表示されるPRの中に、目についた文言があった。

『シェアハウスで、仲間と生活をはじめよう！』

（シェアハウス、かぁ）

　都内にはシェアハウス――そうでなくても、今住んでいるようなアパートなど単身者向けの物件が多いが、田舎というと一軒家に住むイメージがどうしても強い。

「一軒家に一人じゃ、なんかもてあましちゃいそうだし……なんか、ちょうどいいのないかな」

少なくとも、一緒に住む住人がいれば見知らぬ土地で寂しく独りぼっちということもないだろう。そこから、地域に入っていくとっかかりになるかもしれない。

タップした情報サイト内で検索を重ねていくと、とあるリンク先に辿《たど》り着いた。

「……お！」

現れた文言に、「いい感じ」と、那海は画面をタップし。

——そしてそれから半月後。那海は、見知らぬ土地の無人駅に降り立った。


「すっごーい！　駅前なのになにもないっ」

駅の階段を降りた那海は、思わず大きな声で叫んだ。それから慌てて、両手で口を覆う。

看板には、「鬼頭温泉駅《きがしらおんせん》」と書かれている。東京から乗り換え一回の、約三時間。栃木《とちぎ》県日光《にっこう》市にある鬼頭《きがしら》地区に、那海はいた。

駅の正面から見た景色は、都内の駅とはまったく違うものだった。

スッキリとし過ぎたロータリーには、並んだ地蔵と古びた社《やしろ》があるだけで、コンビニなどは見当たらない。奥に向かって、一本の長い道路が伸びており、那海はそれに沿って歩き出した。コロコロと、腰の高さほどあるスーツケースを後ろ手に引く。

「『鬼頭地区は、栃木県と福島《ふくしま》県の境《さかい》に近い、山間《やまあい》の限界集落です。自然豊かな里山の恵《めぐみ》を味わうことができます。』……よくこんな場所でシェアハウスが見つかったよなー。わたし、すごくラッキーじゃん」

スマホに表示された、『鬼頭地区案内』のウェブページを読み上げつつ、那海は周囲を見回した。

山間の限界集落——という言葉のイメージよりは、しっかりと道路があり、しっかりと建物がある。なんとなく、だだっ広い田んぼや畑に、ぽつんぽつんと佇《たたず》む古い民家を想像していたため、少し拍子抜けなくらいだ。歩いて行くと、「鬼頭温泉」という看板まで見えてきた。

「温泉かぁ。いいなぁ」

三時間、電車で身体を縮こませていたためか、腰のあたりがやや痛く、足もだるい。ひと風呂浴びていってしまいたい。が、そうもいかない。

「《antler《アントラー》》の管理人さんの番号は……っと」

《antler》とは、那海がネットで見つけた、この地域にある唯一のシェアハウスの名前だった。

古民家を利用した、女性限定のシェアハウス。管理人も女性だということで、今日は駅に着いたら連絡し、迎えに来てもらうことになっている。

那海は登録した番号を呼び出し、コールボタンをタップした――が。画面にいきなり電源オフのマークが表示された。

「えっえっなんで」

どうやら、充電が残りわずかになっていたらしい――無情にも、画面はそこで真っ黒に変わった。焦った自分の表情だけが、そこに映り込む。

「あぁぁぁぁー……ッ」

のっけから、唯一の通信手段を失ってしまい、那海はその場に膝をつきそうになった。

(わたしのアホ！　電車の中でずっとサイト巡りなんかしてたから……)

最初は、栃木県や日光市、またこの辺りについてまとめたサイトを眺めていたのだ。ご当地グルメだとか、お土産屋さんだとか、とにかくそういった浮かれた感じのものを。

SNSでも似たような内容で検索して、美味しそうなものをだらだらと眺めたり、リンク先からニュースサイトに移って関連記事を辿るなどして、移動時間を潰していた。あまりにもリンクを跳び過ぎて、降りる寸前には栃木とは関係のない富山《とやま》県の記事にまで辿り着いていてしまっていた。

どうやら、砂浜に巨大なリュウグウノツカイが打ち上げられたらしい。本来は三から五メートル程度の大きさであるはずの深海魚なのに、なんとそれは十五メートルもあったのだとか。打ち上げられた北津《ほくつ》市にある水族館に、その遺骸《いがい》は回収されたらしく、展示とかされるのかなーと少しわくわくして記事の日付を見たら二〇一九年と、けっこう前のものでがっかり——。

「って、そんな場合じゃなくて」

思考が迷子になりかけたところで、慌てて自分にツッコみをいれつつ、周囲をきょろきょろ見回す。

「充電……できるところとか、あるかなぁ」

ファミレスやメジャーな喫茶店の中には、充電口を貸してくれる店もあるが——見渡す限り、そんなものがありそうな様子はない。

「うーん……さっき看板が出てた温泉にでも話して、ちょっとだけ充電させてもらえないかな……」

迷惑になってしまうだろうか、という心配はあるが、事情だけでも説明してみようと、那海は足早に、数メートル離れた場所に佇む建物へと向かった。

田舎の温泉、というイメージからは少し離れた、ロッジ風の店構えだ。しかし、駐車場に車はなく、どうにも人気《ひとけ》を感じない。

「え……やってないの⁉」

店の前まで行くと、「冬季休業中」という張り紙が、入口にされていた。

「冬季休業……？　そんなのがあるの。まだ十二月もはじめなのに」

言っている間にも、肌寒さを感じた那海は大きくクシャミをした。秋物のコートを着てきたが、時間が経つにつれて冷気がじわじわとコートの内側まで忍び込んでくる。

「参ったなぁ。あ、向こうにお蕎麦《そば》屋さ…も、休み⁉　そんなぁ」

駅からつながっている大通り沿いには、温泉、蕎麦屋と続いていたが、どこも「冬季休業」としており、通り自体が閑散とした空気を漂わせていた。

「どーしよ……あ、ごはん屋さん」

とぼとぼと道沿いに歩いていくと、「お食事処いそべ」という看板が出ていた。こぢんまりとした、いかにも大衆食堂という雰囲気だ。

おそるおそる確認するも、やはりそこも店の入口に「休業中」という張り紙がされている。

「なんなのもぉ……みんな冬は働かないの……？　雨が降ったら休んじゃうみたいな南国気質なの？」

連続して目論見《もくろみ》が外れてしまい、那海は大きくため息をつきながらその場にしゃがみ込んだ。足が、いいかげん痛みを感じるようになってきていた。

「お腹も減ったし……なんか夕方になってきちゃったし。どうしよう」

駅に着いたときはまだ青さのあった空が、あっという間に朱色に染まってしまった。同時に、寒さも増してきた。

「うぅ……きっとこのまま、明日の朝には飢《う》えて凍りついて発見されるんだ……沙那ごめんね、ダメなオネェで……」

頭の冷静な部分が「元医療従事者のクセになに言ってんの」とツッコみを入れていたが、とにかくアホなことでも喋《しゃべ》っていなければ、くじけてしまいそうだった。そして純粋に、お腹が空いて寒い。辛い。

「――あの、どうかしました？」

背後から声をかけられ、那海は慌てて立ち上がった。

「救世主!?」

「え？　は？」

がばりと振り返ると、男が立っていた。身体が、縦にも横にも大きい。ふくよかなわけではなく、肩幅が広くてがたいがいいのだろう。

男は短く刈り上げた頭を掻きながら、「えぇっと」と困ったように続けた。

「うちの前でしゃがみ込んじゃったから、どうしたんかなと思って」

「うち……って、この食堂、ですか？」

「あぁ、はい。店は、今は休み中ですけど……裏手に、家が」

そう、説明する男の手を、那海は立ち上がるなりガシッと握った。まるで、その存在が幻《まぼろし》でないことを確認するように。途端、男がぎょっと半歩後退《あとずさ》る。

「あ、あの」

「すみませんっ！　スマホ充電させてくださいッ」

思わず叫ぶと同時に、お腹がぎゅるるるると鳴った。

「あ……」

その、あまりの大きな音にハッとし、那海は慌てて手を放して、逆に二歩ほど下がった。

「すみませ……違くて。あの、約束をしている人と連絡を取りたいんですけど……スマホの充電が切れちゃって。電話番号も分からなくて、それで」

「あぁ……そうなんですか」

少しホッとしたように、男が頷く。目も不審者を警戒するものから、「ちょっと変な人」を見るくらいには変わったような気がして、那海も同じようにホッとした。

「県外の方ですか？」

「はい、東京からさっきついたばかりで」

「約束しているっていうのは……」

「この辺の方のはずなんですけど。《antler》っていうシェアハウスのオーナーさんで」

「あんとらぁ？」

男の語尾が半音跳ねあがり、那海は首を傾げた。この辺では唯一のシェアハウスなくらいだから、有名なのかと思い込んでいたが。

「ご存じ……ないですか？」

「ない……ですね。シェアハウス？　もしかして、違う場所とかじゃないですか？　茨城《いばらき》とか」

「いや、サッカーチームじゃなくてですね。……鬼頭地区、ですよね？　ここ」

那海の質問に、男が訝《いぶか》し気《げ》なまま頷く。

「店舗は閉まってるんで、うちの方でよければ電源くらい貸しますけど……あ、そのオーナーって名前、分かったりします？」

「え？　えぇっと……確か、鹿角《かづの》さんだったかな。だからantler《鹿の角》なんだって、思った覚えが」

「鹿角……まじか」

男が、ぼそりとつぶやく。その表情からは、驚きと、心当たりと。その両方が感じ取れた。

「……鹿角なら、知り合いがいるんで。充電っていうか、電話貸しますよ。番号分かるし」

「え、いいんですか？」

思わず喜びのままに飛び跳ねてしまい、また男をぎょっとさせてしまった。疲れと空腹のせいで自制心が利かなくなっており、欲と心情がダダ洩《も》れすぎる。

「えっと、スマホ家なんで。こっちに」

そう言って歩き出す男の後ろを、トランクを引きながら那海は数歩離れて追った。

男の言う通り、店舗の後ろには二階建ての一軒家があった。玄関に「五十部《いそべ》」と表札も出ている。

男がガラリと玄関の戸を開けると、中からは人の気配がした。

「龍之介《たつのすけ》、だいじだったか？」

奥から聞こえてきた、年配の男性の声に、男——五十部龍之介《いそべたつのすけ》が「だいじだ」と声を張り上げて答える。

「茜んとこの客みてぇだから、ちょっと電話するわ」

「茜ちゃん、元気にしてんのけ？」

「知らん」

そう言って、男はシューズボックスの上に置きっぱなしになっていたスマホを手に取った。何度か画面をタップして、耳に当てる。うっすらとコール音が、那海の耳にも届いた。

「――あ、茜け。五十部だけど。なんかおめぇのお客さんが、スマホ使えなくなっちまったって、うちで困ってっから。……いや、おめぇいつからシェアハウスなんてやってんだよ。おい――ぁ」

切りやがった、と龍之介は小さな声でつぶやき、はぁと息を吐いた。それから、切り替えるように那海に目をやる。

「今、茜……鹿角のやつがコッチ来るって言うんで。それまでここで待っててもらっていいですか？　玄関の中、入ってもらって大丈夫なんで」

「あ、はい。すみません」

一歩中に入ると、外にいるよりもほんのり温かく感じた。

「おじゃまします」

「適当に座ってて。あ、充電はどうします？」

「あ、連絡取っていただけたので、そこまでは」

そう言うと、龍之介は「分かりました」とだけ頷いて、さっと奥の方へと入っていってしまった。

一人きりになった那海は、「はぁ」と一息ついて、言葉に甘え玄関の上がり框《かまち》に腰を降ろした。

ようやく、ここに来て人心地がついたような気がして、肩の力が抜ける。

(鹿角……茜さん、か。どんな人なんだろ)

オーナーが女性だということだけは知っていたが、下の名前まで覚えていなかった。龍之介の様子からすると、二人は歳が近いのかもしれない。

(あの喋り方……方言だよね。ちゃんと使い分けてるんだなー)

栃木県出身であることを看板にしているお笑い芸人をテレビで観たことはあるため、栃木弁という存在は知っていた。こうして、実際に身内同士の会話の中で使っているのを見るのは、少し新鮮で。いかにも、遠い土地に来たという感じがする。

「――たぶん、もう少しで来ると思いますけど」

大きな足音を立てて、龍之介が戻って来る。那海はふにゃりとしていた背中を、慌てて正して振り返った。龍之介の手には、黒い椀《わん》と割り箸があって、椀からは湯気が出ていた。

「よかったら、どうぞ」

「えっ」

答える前に、再度お腹がぐぎゅるるると鳴って、代わりに返事をした。思わず、顔が引きつる。龍之介が聞こえないフリをしてくれているのが、ありがたかった。

「……ありがとうございます、いろいろと」

顔を赤くしながら受け取ると、椀の中にはたっぷりのあずきと、茶色の餅のようなものが入っていた。

「お汁粉……ですか？」

「栃餅《とちもち》っていうんです。せっかくこっち来たんだし、土地のものをと思って」

「わ、ありがとうございます」

両手で椀を受け取ると、ほどよい熱が手のひらに伝わってきた。

「いただきます」

割り箸の先で餅に触れると、柔らかいが、ふつうの餅に比べて弾力を感じる。

「はふっ」

齧《かじ》って頬張ると、餅のほんのりとした苦みと餡《あん》の甘さの両方が、口の中いっぱいに広がった。噛《か》むほどに素朴な味わいが深まり、時折ごろりとした食感がおもしろい。

「これ、中に木の実が入ってるんですか。ええっと、栃餅ってことは……」

「はい、栃の実が。ずんぐりとした丸い木の実で……あ、県のマスコットキャラが、ちょうどこの実をモデルにしてるんで、ここに来るまでにも、どこかで目にはしてるかもしれないですね」

「あ、もしかしてタンクトップのかな。駅で見かけた……」

「そう、アレです」

真面目な顔で頷く龍之介に、思わずふっと笑ってしまう。お腹の底から温かさを感じて、もう一段階、身体が軽くなった気がした。あっという間に、椀が空《から》になる。

「ごちそうさまです、ほんとありがとうございました！」

立ち上がり、ぺこりと頭を下げると、龍之介は見た目に似合わない柔らかな調子で「いえ」と手を振った。

「一応、料理をかじった身なんで。お腹空いてる人にはなにか食べさせたくなっちゃって。ただのお節介です」

「あ……表のお店」

うちの店、と言っていたし、身内や関係者なのだろうとは思ったが。まさか、料理人だとは。

しかし、龍之介は慌てたように首を横に振った。

「あれは、今年の夏まで親父がやってた店で。今は、いろいろあって休業中なんです」

確かに他の店と違い、食堂だけ「冬季休業」ではなく「休業中」となっていた。

「俺は一応料理の勉強はしたけど、ほんとそこまでじゃなくて。いや、俺のことはどうでもいいんですけど。お客さんは――」

「あ、春風っていいます。春風那海です」

那海が、そう自己紹介をしたときだった。

車のエンジン音が近づいてきて、龍之介が顔を上げた。

「来たみたいですね」

「あ、はい！」

龍之介が靴をひっかけるようにはき、先に玄関を出る。那海も、慌ててその後を追った。

食堂前の駐車場に、オレンジ色の軽トラが入ってきている。車は駐車場の真ん中で停止し、エンジンがかかったまま、那海たちから見える面とは反対側にある運転席の扉が開く音がした。

「——春風さん、シェアハウスっておっしゃってましたけど」

「は、はい」

「茜と住むなら——気をつけた方がいいですよ」

ぼそぼそとした声で、龍之介は那海に告げてきた。軽トラを見つめる顔が、先程までよりやや険しいのは、那海の見間違いではないだろう。

その意味を訊《き》き返すより先に、運転席から降りた人物が二人の前に姿を現した。

(——わ)

思わず、感嘆が口から出そうになる。

短く整えられた真っ黒な髪。それとは反対に、透き通るような白い肌。切れ長の目には、珍しいアッシュグレイの大きな瞳が、まるでガラス玉のように鈍《にぶ》く輝いている。

「春風、那海さん」

ややハスキーがかった声に呼びかけられ、那海は「はい!」と勢いよく返事をした。

「メールで連絡させていただいた、春風です。本日よりよろしくお願いしますっ」

そう頭を下げると、女性は少しだけ目線を下げた。身長は、那海より十センチは高いだろうか。まるで、マネキンに見下ろされているような心地になる。

「……鹿角茜《かづのあかね》、です」

女性――茜が、静かに告げる。

「春風さん。どうぞ、お帰りください」

第二話　鹿角茜という人

―鹿肉のシチュー―

「え？」

言われた意味が分からず、那海《なみ》は間抜けな声を上げて訊き返した。それから、表情を一つも変えない茜《あかね》を見返し、ハッとする。

「ごめんなさい。あの、スマホの充電が切れちゃって、それで、連絡が遅くなってしまって」

「別に、そんなのはどうでもいいんですけど」

茜の声は静かだったが、不思議と強さがあった。下げかけた頭をおそるおそる上げると、茜の無表情は、もう那海に向けられていなかった。遠くの山をぼんやりと見つめる目つきで続けてくる。

「なんか、めんどくさくなっちゃって」

「……え？」

さすがに、聞いた言葉が信じられず。那海はもう一度似たような間の抜けた声を上げざるを得なかった。

「あのー……」

「龍之介《たつのすけ》から連絡をもらうまで、待ち合わせのことは忘れていたんだけど」

（忘れてたんかーい）

　思わずツッコみそうになる言葉と手を意思の力で止め、じっと茜を見つめる。今、自分がどんな顔をしているのかはちょっと分からない。

「ここまで迎えに来るだけで面倒だったし、一緒に他人と住むなんてもっと面倒だろうなと思ったら、嫌になっちゃって」

「はぁ」

「だから、帰っていいですよ」

　至極《しごく》当たり前なことを言っている、という口調でそう言い切られ、那海はどう返事したものかと腕を組んだ。

「おめぇ、なに言ってんだ」

　那海が口を開く前に、龍之介が呆れた声を上げる。腕を組むと肩が盛り上がって、迫力が増した。

「東京からわざわざ来てくれた人に、そんな態度はねぇべ。こんので大バカ野郎《れすけ》が」

「龍之介には関係ない」

「関係ねぇけど、ほっとけはしねぇんだよ。まっとうな人間として」

「関係ないって自覚してるなら、黙ってて筋肉だるま」

「筋肉だるまって……そんな褒めても、口出しはやめねぇかんな」

「褒めてないから」

ポンポンポンと行きかう言葉のラリーに、那海は思わず左右に首を動かして聞き入ってしまう。茜はスパンと短い言葉で、ラリーを打ち返していた。

「そこまで言うんだったら、あんたが泊めてあげればいい。一泊くらい平気でしょ」

「男しかいねぇ家に、女の子一人泊めるワケにはいかねぇべ」

（それはそう）

那海はうんうん、と頷いたが、なぜか茜は途端に目を見開いた。それから、小さく「あぁ……」とこぼす。龍之介は、それを渋い顔で見下ろしていた。

「……あのー」

「なに」

茜がじろりとこちらを見る。睨《にら》む、というよりは、無表情なためなんとなく不機嫌に見えるだけのようだが。

「泊まるっていうか……そもそも住むためにこっちに来たので、もう今晩から行く当てがないっていうか」

「はぁ？」

茜が感情の入り混じった声を上げるのを、初めて聞いた。そんな茜に、龍之介がびくりと身体を震わせているのが、なんだかおかしい。

「どういうこと。今日は、下見だけの予定でしたよね」

「そう……だったんです？　わたしてっきり、今日から住めるのかなーと思って。アパートも解約してきちゃって」

そう、私物が一式詰め込まれたトランクをちょこっと、持ち上げてみせる。無だった茜の眉間に、シワがきゅっと寄せられる。

「……分かりました。来てください」

いかにも渋々というように、茜がため息まじりに歩き出す。

「なんか、すみません」

「そうですね」

へこへこと頭を下げても、振り返りすらしない。那海は龍之介を振り返り、「ありがとうございました」と深くお辞儀《じぎ》した。

「おかげで、すごく助かりました」

「いや……まぁ、茜んとこにいるなら、また会うこともあるだろうから。よろしく」

先程までより若干くだけた口調で、龍之介が笑いかけてくる。

「はい！　よろしくお願いします」

サッと手を差し出すと、龍之介はちょっとだけ目を見開き、それから苦笑のようなものを浮かべて軽く握り返してきた。それから那海越しに、軽トラに向かう茜の方を見つめる。

「まぁ、ああいうヤツだから。いろいろ大変だと思うけど」

「なんとなく分かったんで、大丈夫です」

にっかりと那海が笑うと、龍之介はまた少し驚いた顔をしてから、同じようにニッと笑みを浮かべた。

「そんならよかった」

後ろから、車が動き出すエンジン音がする。ハッとして、那海は慌ててトランクを引きずるようにして駆け寄った。

「鹿角さん！　待ってくださいよっ」

「遅いから、やっぱりいいのかと思って」

「ぜんぜんダメです！」

ゆっくりと動き出していた車にすがりつくと、ようやくそこでストップしてくれた。開いた運転席の窓の方から、舌打ちが聞こえたような気がするが、気にしないことにする。

「荷物、後ろにいいですか？」

「お好きに」

よいしょとトランクを持ち上げ、空の荷台に積ませてもらう。それから助手席に乗り込むと、ほんの少しいい香りがした。車の芳香剤とは違う――シャンプーのような、清潔感のある香りだ。

（美人は、香りまで美人なんだなぁ）

いいなぁ羨《うらや》ましいなぁなどと考えている間に、車は走り出す。国道を北上していく茜は、無言のまま前を向いていた。そう言えば、まだ挨拶もろくにしていなかったことに、今更気がつく。

「鹿角さん、よろしくお願いしますー。あ、茜さんって呼んでもいいですか？」

「ダメ」

「じゃあ茜ちゃんって呼びますねー」

ハンドルを持つ茜の腕が、一瞬強張《こわば》ったように見えた。が、茜はなにも言い返してこなかった。

「そういえばシェアハウスって、住人はわたしで二人目なんですか？」

「……そう」

返答はあまり期待していなかったが、意外にも茜は大人しく頷《うなず》いた。

「これ以上、増やしたりとかは？」

「ない。必要ないし」

簡潔な返事に、「お？」と思う。

「ということは、必要があって住人募集をしたってこと——ですか」

ふむふむと頷くと、キッと車が停まった。赤信号だ。茜は信号をにらんだまま、なにも言わない。

青に変わり、車が進みだす。車はわさびや蕎麦の看板——それから神社の横を通り過ぎていく。

「……駅前でも思ったんですけど、コンビニとか見当たらないですよね」

「あるよ」

「え、どこですか」

「ここから三十分先の隣街」

「……歩いて？」

「車で」

思わず、「うひゃぁ」という声が出た。

「もしかして、スーパーやドラッグストアなんかも」

「そう」

「すごいなぁ」

コンビニやスーパーはないが、蕎麦屋は既に何軒か通り過ぎた。日用品をそろえるのは大変そうだが、蕎麦を食べるには困らなさそうだ。

「あ、でもここら辺のお店も、やってる感じしないですね。駅前でも、張り紙貼ってお休み中なところばっかりでしたけど」

「冬に入ると、観光客が来なくなるから。店を開いても誰も来ない」

「はー……なるほど」

別に南国気質なのではなく、需要と供給のバランスによる、仕方のない休業ということなのかと、那海は納得した。

（こういう質問には答えてくれるんだなー）

もしかしたら全部無視されるかも、と思いながら話しかけていたが、杞憂《きゆう》のようだった。

（「なんとなく分かった」なんて言っちゃったけど。やっぱりよく分かんないな）

病院ではいろいろな患者やその家族を相手にしてきたため、困った人物の扱いも、そこそこ慣れているつもりだった。

（いやーでも仕事とプライベートって違うしなー。難しいな）

そう思っている間に、細い脇道へと入り込んだ車がガタゴトと揺れ出した。舗装路から、砂利道へと変わったのだ。

「わ、わ」

慌てて、天井のグリップを握る。窓の外を見ると、木々が生い茂っている。やや開けたかと思うと、そこには平屋が一軒、ぽつりと建っていた。いわゆる古民家なのだろうが、リノベーションされたいわゆる「古民家カフェ」のようなおしゃれ感はゼロだ。その真ん前に、車は停まった。

「すごい……山の中だー」

駅があったあたりは、国道が集落の中央を走り、店も多い様子だったが、ここは完全に「山の中」だった。家の裏手には、こんもりと盛り上がった緑の斜面が広がっている。

「帰る?」

訊きながら、茜が停めたばかりのエンジンをかけようとする。

「帰らないですよー。帰る場所もないですし」

那海の言葉に、茜はちょっとだけ口を引き結び、車から降りた。那海もそれに倣《なら》う形で、車を降りる。

周囲はすでに暗く、平屋は闇に押しつぶされてしまいそうなほど、頼りなく見えた。那海が荷物を降ろしている間に、茜がスタスタと玄関に向かい、戸を開ける。

「――どうぞ」

そう声をかけてきた茜の顔は、気のせいか、少し挑《いど》んできているようにも見える。

「お邪魔しまーす」

一歩玄関をくぐると、外よりも冷たい空気が、ひんやりと喉元を撫《な》でた。誰もいない、真っ暗な廊下――茜がぱちりと壁際のスイッチを押すと、長い廊下がオレンジ色に照らし出された。

「そこの部屋を使って」

茜が指したのは、玄関を上がってすぐ左側だった。襖《ふすま》で仕切られていて、中は見えない。

「洗面所やお風呂、台所は廊下を真っ直ぐ行った先。右側にも空き部屋はあるけど……私の部屋の近くになるから、そこにしておいて」

「はーい」

家主に逆らってまで、別の部屋を使おうとは思わない。茜は返事を聞くとスタスタ廊下を歩いて行ってしまった。古い廊下は、それに合わせてギッギッと小さな悲鳴を上げる。

(部屋、ボロボロだったりして)

あれだけ「帰って」と言われたのだ。もしかしたら、ボロの部屋をあてがうことで那海に出ていくよう仕向けるつもりかもしれない。

（まぁ、部屋がボロなくらいじゃ、出て行かないけどさ）

茜に言ったことは嘘《うそ》じゃない。東京に、那海の住む部屋はもうなかった。沙那に言えば「じゃあ一緒に住もう」くらい言ってくるかもしれないし、それも悪くない気はしたが、これから新生活を迎える妹の重荷にはなりたくない。姉《こぶ》つきでは、沙那も彼氏を呼びにくいだろう。

「よ――っと」

襖を開けると、真っ暗な部屋の中に、白い月明りが一筋差し込んでいた。

「へー……」

部屋の中央に垂れさがっている紐《ひも》を引くと、何度か明滅《めいめつ》してから蛍光灯がついた。照らし出された部屋は、六畳ほどの和室だった。当然、真新しさはないものの、部屋を開ける前に穿《うが》って考えたようなボロ部屋でもなかった。いたって、清潔だ。

「……掃除、してくれてたのかな」

別に、嫌がらせをされるのではというだけで、部屋がボロかもと思ったわけではない。外から見ても、この平屋は、一人で住むには広すぎる。きっと、茜一人では維持しようにも手が回らないだろうというのがあったからだ。

目立った埃《ほこり》もなく、空き部屋が整っているということは、茜が前もって準備をしておいてくれたのだろう。

（ほんと、よく分かんないなぁ）

トランクを置き、月明りが差し込んでくる大きな窓に寄る。窓の外には広縁があって、部屋を半分囲むように伸びている。だが見えるのはそのくらいで、それより奥になると真っ暗でなにも分からない。

「静かだなぁ……」

都内にいた頃は、夜でも部屋まで人の声や車の走行音など、なにかしら人の作る音がした。それが、ここでは時折、木々の枝が擦《こす》れる音がするくらいだ。

「……夏になったら、逆にうるさかったりするのかな」

それまで、果たして自分はここにいるだろうか。腕組みしながらそんなことを思っていると、襖がトントンとノックされた。

「お風呂、わかしてるから。適当に入って」

「あ、はーい」

（なんだかんだで、やっぱり親切なんだよなぁ）

そんなことを思いながら、那海はトランクをひっくり返し、着替えを漁《あさ》ることにした。

部屋を出ると、廊下はまた一段冷えるような感じがした。思わず両腕を抱きしめるようにしながら、足早に廊下を行く。茜は自室にでもいるのか、気配はない。

「おっふろー。おふろー」

慣れない寒さに冷え切った身体を、早く湯舟に沈めてしまいたい。

五右衛門風呂《ごえもんぶろ》だったらどうしよう、楽しそうだな。そんなことを思いながら歩いていると――。

「わっ!?」

悲鳴と共に、那海はその場にすっ転んだ。どしん、としたたかに尻をつき、床が大きな悲鳴を上げた。

「どうしたの」

手前の廊下から、トタトタと音を立てて茜がやって来る。

「あー、すみません。これ、ビックリしちゃって」

散らばったパジャマや下着をかき集めながら、那海は視線で廊下の突き当りを指した。

それは、骨だった。

白くのっぺりした頭蓋骨《ずがいこつ》が、壁に飾られていた。

もちろん、人間のものではない。左右、それから中央には大きな穴が空いている。

細長い顔は馬のようにも見えるが、大きな枝分かれした角が二本、違う生き物であることを主張している。

「鹿……ですか」

まじまじと角を見つめながら、那海が言った。

「そう」

「こういうのって、高いんですよね！　わー、すごいっ」

薄暗い廊下で突然見てしまったときは驚いたが、こうして見ると立派な調度品《ちょうどひん》だった。

「こんなの、初めて見ました」

「ふうん」

素っ気なく頷き、茜はぷいと身をひるがえした。

「そんなことで、いちいち騒がないで。めんどくさいから」

そのまま、来たときと同じようにスタスタと去って行く足音に、「すみませーん」と那海は声をかけた。

（めんどくさがっても……来てくれるんだなぁ）

突き当りのすぐ右手には、洗面所があった。その奥が浴室になっていて、扉を開けるとふつうにきれいな風呂場だった。ガス給湯器もついている。

「手すりがある……ここだけ、リフォームしたのかな」

手すりつき、ということは、ここには以前、年寄りが住んでいたのだろう。もしくは、足が不自由な人か。

ご自由に、とマジックで書かれたシャンプー類で全身を洗い、湯につかる。足先からゆっくりと中に入ると、全身がじんわりと温かく解《ほぐ》れる感じがした。

「はぁぁ……生き返るぅ」

そのままじっとお湯を堪能していると、扉の向こうで足音がした。

「茜ちゃん？」

「……なに」

茜の声は、扉越しのせいかややくぐもって、小さく聞こえた。

「温度なら、適当にお湯や水を足して調整していいから――」

「それは大丈夫ですけど。すみませんでした。わがまま言って」

那海の言葉が意外だったのか、茜の声がぴたりと止まった。だが、その場にいることは、薄い扉越しの気配でなんとなく分かる。

「わたし、東京で倒れちゃって。いろんな人に迷惑をかけたり、心配させちゃったりしたんです。それで、環境を変えてやり直さないと、ってことになって。でも、今度は、茜ちゃんに迷惑かけちゃいましたね」

「……じゃあ、出ていく？」

「出てはいかないですけど」

そこはきっぱりと言い切って、那海は少し浴槽にもたれかかった。水面が動いて、お湯がいくらか溢《あふ》れ出る。

「できるだけ、ご迷惑かけないようにしたいとは思ってるんで。しばらく置いてください」

「……」

扉の外が、静かになる。耳をすましていると、きゅっきゅっと小さく廊下の鳴る音が聞こえた。

湯舟にフタをし、シャワーを浴びて外に出ると、真新しいタオルが置かれていた。着替え以外を運んでくるのを忘れていたのだと、今更気がつく。

「……気持ちいい」

全身に巻きつけたタオルはふわふわと心地よく、那海はほぅと息をついた。

＊

ぐぅと腹が鳴り、那海は目をぱちりと開いた。

「――お腹空いた」

ぽつりとつぶやいた声が、暗い部屋の中で響く。そこでふと、那海は自分が今どこにいるのか分からなくなりかけ――「あぁ」とようやく、昨日越してきたことを思い出した。

(昨日、夕方に栃餅食べさせてもらったから……なんとなくお腹が満たされてて、そのまま夕飯食べるの、忘れてたんだよなー)

充電したスマホを見ると、朝の五時だ。起きるにはまだ早い。

しかし、一度意識してしまった空腹を忘れるのは、難しかった。何度か布団の中でもぞもぞと寝返りし、それから「えいっ」と那海は立ち上がった。

(台所で、水でも飲んでこよ)

毛布を頭から被り、のそのそと廊下を歩く。夜明け前の廊下は、ますます冷えて寒い。少し厚手な程度の秋用長袖だけでは、歯が立たない。

(もう真冬みたい。季節が、東京と一つくらいずれてるなぁ)

はぁ、と息を吐くと、白い煙になって宙に消えた。

「――ん?」

台所の近くまで行くと、扉の隙間から光が漏れていた。昨日は疲れ切ってそうそうに寝てしまったが——夜間のうちに、茜が点けっぱなしにしてしまったのだろうか。

扉に手をかけると、茜の後ろ姿があった。

（うわ、朝早いな。それとも今から寝るんだったりして）

今日は日曜日だ。それで文句を言うような相手はいないだろう。

茜は椅子に座って、なにかをしているようだった。背をこちらに向け、背中を丸めている。

（なんだろ。足の爪でも切ってるのかな）

そう、扉をそっと開くと、茜がこちらを向いた。その手に、黒く長い——銃が、握られている。

「ひゃっ」

「……っなに⁉」

予想外のものに那海は思わず声を上げたが、茜もまたギョッとした顔で大声を出した。

「なにやってるのそんな格好でっ」

そう怒鳴りながら、心臓に手を当てている。顔も、昨日の無表情が嘘のように目を見開いており、よほど驚かせてしまったらしい。

「いや、それはこっちの台詞っていうか……。なんですかそれ。銃刀法違反ですよ！」

那海が指したのは、もちろん手に持たれた銃だった。銃なんて、映画やドラマの世界でしか見たことがない。警察官が持つ拳銃とは違う——軽く両手を広げたくらいの長さがあるものだ。

「銃刀法に則《のっと》って持ってるから問題ない」

「え？」

ようやく冷静さを取り戻し、静かな表情で茜が言った。手は、相変わらず心臓に当てたままだが。

「これは猟銃。所持許可を取って持ってるから、別に違法じゃないの」

「へぇ……？」

茜が説明するのを、那海は近づいてまじまじと見つめた。銃口が二つあるのに気づいて覗き込もうとすると、引っこめられてしまう。

「あんまり近づかないで。許可ない人が触ったら、それこそ法令違反だから」

「そうなんだ……了解です」

大人しく首と手を引っ込め、那海はこくこく頷いた。心なし、茜の表情が和らいだように見える。

「茜ちゃん、朝ごはんはどうするんですか？」

茜ちゃん、と呼んだからだろうか。和らいだかと思った顔は、またすぐに仏頂面に戻ってしまった。

「朝はいらない。いつも、食べないから」

「えっ、朝ごはん抜くと体調に影響しますよー。少しでもお腹に入れないと」

「別にいい。それより、出かけてくるから」

「今からですか⁉」

思わず、台所の小窓を見ると、まだ外は真っ暗だ。

「もうすぐ夜明けだし」

「充分早すぎですよ……お仕事ですか？」

「猟に行ってくる」

「猟……って。茜ちゃん、猟するんですか」

茜から出た言葉は、またもや那海には馴染《なじ》みのないものだった。

「だからコレ持ってるんだけど」

言ってから、「まぁそうじゃない人もいるけど」と茜は付け加えていたが、那海はそりゃそうだと納得していた。銃そのものの珍しさに、そこまで頭が回っていなかった。

「女の人で猟とか。すごいですね」

「別に。罠猟《わなりょう》とかだと、もっといるし」

それじゃ、と立ち上がった茜の腕を、那海はがしっとつかんだ。なにか言われる前にと、勢い込む。

「わたしも連れてってください！」

猟なんて全然知らないけど――こういう新しいことへの出会いこそ、新天地に来た醍醐味《だいごみ》ってものなのだろう。それに、さっそく茜と仲良くなるチャンスでもある。

「はぁ……？」

胡乱《うろん》げな眼差しが、真っ直ぐに那海を見返してきた。灰色の瞳に映る自分は、まるで新しい秘密基地を見つけたときのような顔をしていた。

「猟なんて、なかなか見る機会ないですし、せっかくだから新しいことに触れてみたいなって。だから、行ってみたいです！」

「行ったって……なにもないけど」

「行ってみたいですー！」

同じ言葉を繰り返す那海に、茜がため息をつく。

「……向こうに着いたら、言う通りにできる？」

「はいっ、できます！」

まるで幼児に言い聞かせるような口ぶりだったが、那海は気にせず腕から手を放し、ビシッと気をつけをした。

「四十秒で支度しますっ」

「普通に支度して」

茜の声を背に、那海はドタドタと部屋に戻った。トランクを開けて、服を引っ張り出す。

「茜ちゃーん！　猟って、どんな服で行けばいいですかっ？」

「動きやすい服。白は厳禁」

「はーい！」

返事をしながら、首を傾げる。ちょうど、白のスラックスを手に取ったところだった。

（白だと、汚れやすいからかな）

結局、色味の濃いジーンズとトレーナー、それから昨日も着ていたコートをはおり、顔には鏡も見ずにオールインワンを手早く塗り込んだ。肩につく程度に伸びた茶色の髪は、後頭部のあたりでキュッと一つにまとめる。

襖を開けると、ちょうど準備万端な様子の茜が、玄関で登山用ブーツを履いているところだった。肩にはリュックと、濃い緑色の細長いガンケースを背負っている。

「できましたっ」

ビシッとポーズを決めつつ報告すると、茜はちょっとだけ眉をひそめた。

「やり直し」

「なんですっ⁉」

「白は厳禁って言った」

茜が指したのは、コートの首周りを飾る白いファーだった。

「こんなとこ、なかなか汚れないと思いますけど……」

「そういう問題じゃない」

けんもほろろな態度に、那海は「ちぇ」とつぶやきながら、ファーを留めているボタンを外しにかかった。ファーがあるとないとでは温かさが全然違うのだが、ここでごねて「なら連れて行かない」となってはもったいない。

「準備できたら、車に乗って」

「はーい」

普段使いのリュックにスマホと、昨日駅で余分に買って飲み損ねていたペットボトルのお茶と、それから常備用の救急バッグを入れて、準備は完了だ。スニーカーを足に引っかけ、荷物を積み込む茜を追いかける。

(そういえば、まだ沙那に引っ越し完了の連絡入れてなかったや)

昨日は風呂に入ったら、そのまま借りた布団で気持ちよく寝入ってしまい、せっかく充電したスマホにも触らないままだった。

出かける前にぱしゃりと一枚家の写真を撮り、助手席へと急ぐ。昨日のように、先に発車されては困る。

「お待たせしました！」

那海の言葉に、茜は無言のまま車を出した。ガタガタと車が砂利で揺れ、国道の方へと走っていく。

「猟って、山に行くんですか？」

「今日は」

「ということは、違う日も……？」

「鹿が、山から降りてくることも多いから。そういうのを駆除《くじょ》に行くこともある」

「駆除」

思わず、おうむ返しにつぶやいてしまう。ゴキブリだったりナメクジだったり毛虫だったり……そういった害虫に対し「駆除」という言葉は、普段の生活からよく耳にするが、なるほど。つまり鹿は茜にとって、「害獣」ということなのだろう。

「鹿って、そんなに悪いんですか？　ほら、奈良公園とか宮島とか。鹿がいっぱいいるところってあるじゃないですか」

「……農作物が被害に遭うから。それに、山でも植樹した木の苗や、天然記念物の植物なんかを食べ尽くして問題になることも、ある」

「へー……」

そういうことに関心を持ったことがなかったため、鹿というと先程言った観光地や、動物園で見る可愛いイメージしかなかった。お目目がくりくりした仔鹿を主人公にしたアニメを、小さい頃に観たせいもあるかもしれない。どちらかというと、悪者は動物をいじめる狩人《かりゅうど》の方だ。

「茜ちゃんは、だから狩りをしてるんですか」

「え？」

そんなにおかしなことを訊いたつもりはなかったが、茜は怪訝《けげん》な顔でちらりとこちらに目線をやった。すぐに前に向き直り、そのままの表情で運転を続ける。

（あれ、怒らせちゃったかな）

今一つ、まだ茜の怒りポイントが分からない。会話も途切れてしまったため、沙那にメッセージを打つ。

（無事に、引っ越し先につきました、よっと……）

早々から門前払いになりそうだったことや、同居人となるオーナーとの関係が微妙なことは、わざわざ書かなくてもいいだろう。

ふと、スマホの画面に光が指した。窓の外を見ると、山の隙間から明るい朝日が覗き出している。

道はゆっくりと弧を描きながら、山沿いに走っていく。建物は、右側に時折小さな個人商店やわさび農家を見かけるくらいだ。逆に車の走る道路の左側は、少し先が崖のようになっていて、遥《はる》か下の方には湖のようなものが見えた。まるで山に張り付くようにして、この地域は存在しているようだった。

「……すごいなぁ」

少なくとも、ビルが立ち並ぶ東京では見られない景色ではある。とんでもないところに来てしまった、という気持ちがなくもない。

やがて、車はまた細い道へと入り込むと、どんどん木々の深い方へと向かって行った。舗装はなくなり、地面にはうっすらと白い雪が見え始める。

「え、もう雪？」

そのうめき声に、茜は特に答えはしなかった。見た通り、ということだろう。那海はもっと厚手のコートを早く買わなければ、と焦った。今日は、もう遅いが。

茜の軽トラが停まったのは、完全に山の中だった。ぎりぎり、車が入れる山の中。

「降りて」と茜が促す。ここからは、歩いていくのだ。

「これ」

そう、茜が放り投げるように手渡してきたのは、派手な蛍光色の上着だった。差し込んできた朝日と同じ、オレンジ色をしている。

「上着なら、もう着てますけど」

そもそも、そんなに温かそうにも見えなかった。薄っぺらくて、まるでカッパのようだ。「約束」

「あ」

家で宣言させられた、「言う通りにする」という言葉を思い出し、那海は慌ててそれをコートの上から重ねた。

茜もまた、似たような色の上着――こちらはベストだ――を着ている。頭にも、同じような色の帽子。

「あ、これニュースとかで観たことあります。えぇっと、猟友会《りょうゆうかい》とかのユニホーム。一人でやるときも着るものなんですか」

「他に、猟に来てる人がいないとも限らないでしょ。動物に間違われて撃たれたい？」

「なるほどー」

そのために、わざと目立つ色なのか、と納得しながら、那海はまじまじと自分の格好を眺めた。すこぶるダサいが、撃たれたくないし仕方がない。郷に入っては郷に従えである。

「ついてきて」

それだけ言うと、ガンケースから取り出した銃を手に、茜はさっそく歩き始めていた。慌てて、那海もその後を追う。

山の中は、更に雪が積もっていた。スニーカーが冷たい地面につぷりと沈み、歩きづらい。靴底を越えて、ひんやりとした冷気が伝わってくる。

「一体、なにを狩るんです？　さっき言ってた鹿ですか？　テレビだと、よく北海道で熊が出たときなんかに、猟友会の人も映ってるイメージですけど」

「基本は鹿か猪。熊もいないわけじゃないけど……この辺は猿の方が多い」

「さ、猿？」

つぶやきかけたところで、そっと唇に人差し指を押し当てられた。思わずどきりとしていると、「静かに」という囁きが聞こえた。

「ここからは、音を立てないで。動物は音に敏感だから」

そしてまた、歩き出す。茜が行くのは、いわゆる獣道だった。もちろん舗装されているわけなどなく、ふつうに歩きにくい――ただよくよく見ると、うっすら藪《やぶ》が薄かったり、地面が固くなっているような。何かが通り道にしている――そんな、道。

（……どこまで行くんだろう）

茜の手には、当たり前のように銃がある。不思議と怖さを感じないのは、それが人ではなく獣を撃つためのものであると分かったからと、その銃口がこちらを向かないからだろう。夜明け前まで全く交わっていなかった世界が、急に当たり前になっているこの感覚は、少し不思議だった。

しばらく行くと、茜の歩みはどんどん遅くなっていった。二、三歩進むとふと立ち止まり、それからまた二、三歩と行く。「なにやってるんですか」と訊ねると、ちょっと険しい視線と人差し指のサインしか返ってこなかった。

ふっと、茜の足が止まった。その目が、じっと地面を見つめている。薄く積もった雪に、小さな足跡がついていた。

「これって……」

「鹿」

本当に小さな声で、茜が頷く。

(本当に、いるんだ。こんなところに)

なんだか、少し感激だった。これまで見てきた奈良公園でせんべいを食べている鹿も、動物園の柵の中にいる鹿も、「会える場所」に最初からいる。こんな、ただの山の中に自生している鹿の痕跡なんて、初めて見た。

足跡は、少し先へと続いているようだ。茜はそれをゆっくりと追っていく。目を周囲に向け、じっと音を聞こうとしているようだった。そんな様子に、那海はなんだか自分まで気分が高揚《こうよう》していき――そして、だんだんとクールダウンしてきた。

(まだ歩くんかな……)

山に入ってからどれくらい経っただろう。次第に、足がだるくなってきた。昔、部活で怪我した左足の膝が、ほんのりと痛みを訴え始めている。

那海も、東京という公共交通機関が主な交通手段という環境の中で、毎朝毎晩家と職場を行き来するために駅まで歩いて階段を上り下りしてとやってきた。更には、職場では病棟内をひたすら動き回っていた。決して、運動不足などではなく、むしろ一般的な社会人としては運動量が多い方だろう。そもそも、学生の頃は運動部に所属していたため、体力にも自信がある方だった。

だが、山の中を歩くというのは、また別の筋力や体力を使うようだった。歩きづらく、気を抜くと転びそうになる場所もある。きれいに整備されたハイキングコースを歩くのとはわけが違う。完全に、那海のイメージ不足だった。

（膝に、サポーターでも巻いて来ればよかった）

そういえば、腹も減っている。朝もそれで起きたのに、銃と狩猟という非日常の空気に煽《あお》られて、すっかり忘れてしまっていた。

那海が腹を撫《な》でていると、前を歩く茜がぴたりと動きを止めた。

「——ここまでにする」

予想外の言葉に、「え」と声が出る。

「でも、まだ鹿……」

「新しそうな足跡だったから追って来たけど、たぶん追いつけない。これ以上行っても仕方ない」

「ここまで歩いたのに、諦めちゃうんですか？」

「無理なものは、無理だから」

茜の答えは簡潔だ。今度はスタスタとした足取りで、別方向へと歩き出す。

「このまま、山を降りる」

「今日は終わり……ってことですか？」

「そう」

頷く茜の目が、ちらっと那海の足元を見た気がした。泥まみれのスニーカー。痛む足。

（もしかして、わたし？　わたしのせいか）

それは直感だったが、たぶん間違いではないだろうという確信があった。

那海がいるから、茜は無理しない――できないのだろう。ここまで歩いてきた時間が、無駄になってしまうのに。

（なんだ……結局、迷惑かけちゃった）

茜が狩猟をやっていると聞いて、物珍しさはあったが――なにより、距離を縮めるいい機会だと思ったからこそ、同行を願い出た。

茜の細い背中を見つめる。

茜は気難しい面こそあるものの、昨晩の様子を見ている限り基本的には親切だ。一緒に暮らすなら、互いに仲良くするに越したことはない。

元々チームスポーツをやっていた那海からすれば、一緒に身体を動かすというのは対人関係の距離を縮めるのに有効な手段のはずだった。だがそれは、あくまで対等な立場であればの話で――今日の那海は、単なるお荷物だ。

(大人しく家で待って、食事でも作ってる方がマシだったかなー)

小さくため息をつき、頭を振る。疲れのせいか、ネガティブな思考に支配されてしまいそうだった。前を行く那海の背から視線を外し、景色を眺めて気分転換をする。

冬の山は寒くてしんどいが、春や夏の山とは違う美しさがあった。

その、木々の隙間に。ひょこっと揺れる、小さな白いものが見えた。思わず、足を止める。

(なんだろ、アレ)

花でも揺れているのかと思ったが、季節外れな気がした。なにより、あんな揺れるような風もない。

那海が足を止めたのに気づいた茜もまた、振り返って足を止める。その目が、那海の見ている先を見つめた。そして――。

「……っ」

その手に持つ銃に、ポケットから取り出した筒を詰める。「え」と那海が思う間に、ゆっくり、ゆっくりと白いなにかの方へと向かって行く。

那海も、その後ろを追った。自然と、足音を立てないようゆっくりとした歩みになる。

(――いた)

近づくと、少し離れた場所に鹿の後ろ姿が見えた。ちらりと見えたのは、尾の部分だったらしい。斜面に頭をかがめ、草を食べているようだった。

じっと、茜の銃口はその鹿に向けられていた。それを意識すると、那海の心臓はどくどくと鳴った。

(どうしよう)

何故か、そんな言葉が頭を過《よぎ》る。

(あの鹿、本当に撃っちゃうの?)

銃を持って狩猟に来たのだ――鹿を撃ちに来た。そのことは、分かっている――つもりだった。

しかしいざ鹿が目の前に現れると、急激に怖さを感じる。それは、単に銃を初めて見てギョッとしたときとは別の――目の前の生き物が、今まさに命を奪われようとしていることへの怖さだった。

(え、え。どう、しよう)

茜が狩猟をすると聞いてから、たった今この瞬間まで、動物が撃たれるということなのか、本当の意味では想像できていなかった。映画で動物が酷い目に遭うシーンでさえ、心を痛めるというのに。目の前で、そんな。

「茜ちゃん！」

思わず声をかけたのと、鹿がぴくっと顔を上げたのは、ほとんど同時だった。

「――ッ」

茜がガッと銃を抱え込むように構える。バンッという乾いた音が響いた。

「……っ」

思わず、耳を抑える。まるで空気が破裂したようだった。鹿を凝視《ぎょうし》するが、鹿は既に走り出していた。弾が中《あた》った様子はない。跳ぶように、鹿は斜面を下って行った。

「……っはぁ」

背中越しに、茜が深く息を吐いたのが聞こえた。ドキッとまた、心臓が跳ねる。

「あ……ごめん。わたし」

「別に」

茜はそう言うと、銃に取り付けられたレバーのようなものを引いた。ガチャという音と共に、先程入れた筒が出てくる。これが、いわゆる薬莢《やっきょう》というものなのだろう。

「今日はもう、終わりにするつもりだった」

その一言は、那海に向けてのものだったのか、それとも自分に言い聞かせているのか。分からなかったが、那海もそれ以上はなにも言えなかった。

そこからは、二人とも無言だった。たまに足を滑らせそうになりながら、斜面を降りていく。バランスを取るのと足の痛みとで、余計なことを考えないで済むのはありがたかった。

山を下り、停まっているオレンジ色の軽自動車を見ると、妙にホッとした。いつの間にか太陽が頭の上より少し傾くくらいの位置に来ている。

茜は銃を車に積んでいたガンケースにしまうと、さっと運転席に乗り込んだ。今度こそ、遅れたら置いて行かれる気がして、那海も泥など払う余裕もなく乗る。

車の中でも茜は黙っていた。那海はなにか言わなければと思ったが、なにを言ったら怒らせないで済むのか。少なくとも、山の中で車から蹴落とされるのは勘弁だった。

「……ごめんなさい」

国道まで出てきたとき、ようやく言えた言葉がそれだった。

「静かにって言われていたのに。約束、守れませんでした」

「……」

茜は答えない。やはり、怒っているのだろう。何時間も歩き回ったのに、それを無駄にしてしまったのだから。

ふと、スマホのランプが点滅しているのに気がつき、那海はサッとタップした。沙那からだ。前に、最近ハマっていると言っていたポテトチップスのパッケージがアイコンになっていて、トーク画面に映し出される。そこには驚いた顔のゆるキャラスタンプと、短いメッセージが表示されていた。

『そんなところで、オネェだいじょうぶなの？』

「……」

なんと返事をしようか。既読のマークがついてしまったからには、見なかったフリはできない。

少し迷った挙句、那海はサムズアップしたスタンプをぺいっと送り返し、アプリを閉じた。真っ黒な画面に映った自分の顔はなんだか疲れ切っていて、むりやり口角を上げてみせると、今度は今にも泣き出しそうに見えた。

(子どもじゃないのに、情けないなぁ)

茜から事前に注意を受けたとき、まるで幼児に対する言葉みたいだと思ったのに、これでは大差ない。

窓の外を眺めていると、少し覚えのある景色になってきた。戻って来たのだ。

(あ、駅)

車は、那海が昨日降り立った鬼頭温泉駅を通り過ぎた。ホッとすると同時に、なんだかひどく、懐かしく感じる。

「……ちょっと、待って」

茜がそう言って車を停めたのは、《お食事所いそべ》の前だった。どうしたんだろう、と思っていると、茜はガンケースを背負ったまま車を降りていき、店の裏手の方へと行ってしまった。

「……どうしたんだろ」

昨日世話になった礼をしに、那海も降りたいが――「待ってて」と言われた手前、再度言いつけを破るのは気が咎《とが》めた。

（もしかして、龍之介さんに「やっぱりあんたのところで預かって」とでも押しつけに行ってたりして）

想像して、「ははは」と笑ってみせるが、そうでないという確証が持てず乾いた笑いにしかならない。

（龍之介さんか……昨日のお餅、美味しかったなー）

結局昨晩から、今にかけてまでなにも食べていない。だが、腹が空いた感じがしなくなってしまったのは、代わりに腹の奥底に重い感情が横たわっているせいだろうか。

「あーだめだ。ちょっと身体動かそ」

車から離れなければいいだろうと、助手席を降りて、軽トラのすぐ横で身体を解し始める。寒い山の中を何時間も歩いた身体は、ガチガチに固まっている感じがした。

「――あら。こんな時期に珍しい」

そう、ぼそっとした声が聞こえた。伸びをしていた那海が慌てて振り返ると、年配の女性が歩きながらこちらを見ていた。

「こんにちはー！」

駐車場で一人体操をしているところを見られた気恥ずかしさこそあったが、ただもじもじしているよりは話しかけてしまえと、那海は大きな声で挨拶を投げた。病院に来た患者を相手にしていると思えば、そのあたりの羞恥心《しゅうちしん》はなんとでもなる。

女性は驚いたようだったが、すぐに「こんにちは」と返してくれた。時間をもてあましているのか、「どっから来たの」と訊いてくる。

「東京です」

「そう、こんな時期に外からのお客さんなんて、珍しいなって。どこまで行くの？」

「あ、昨日からこちらに住ませていただいてるんですよー」

「え……もしかして、龍之介ちゃんのお嫁ちゃん？」

女性は勢い込んで訊いて来た。心なし、目がきらきら輝いて見える。

「あー、違うんですよー。紛《まぎ》らわしい言い方しちゃった。ごめんなさーい」

今立っているのが、食堂の前であることを忘れていた。最後の「ごめん」は、心の中で龍之介に手を合わせているイメージだ。

「ここから、もうちょっと向こうに行った方のおうちで……ご存じですかね。鹿角さんて」

「あぁ、敏行《としゆき》さんとこの」

「えーっと……？」

だめだ。全く知らない名前が出てきてしまった。那海が首を傾げてどうしたものか、と思っていると、女性は続けた。

「敏行さんが施設に入ってからは、お孫ちゃんが住んでるって聞いたけど。あなたがそうなの？」

「わたしは、なんてゆーか。えーっと……そのお孫ちゃんの、友達？　みたいな――」

「誰が友達なの」

ぼそっと背後から声が聞こえて、「うほっ⁉」とおかしな声を上げてしまう。振り返ると、ガンケースの他に紙袋を持った茜がいた。

「あら、龍之介ちゃんのお嫁ちゃんかしら？」

那海にしたのと同じ質問を投げかけてくる女性に、茜は「違います」と素っ気なく言いきった。

「あ、さっき言ってたお孫ちゃんですよ。たぶん」

フォローしようと、那海が慌てて付け加える。すると女性は驚いた顔をして、まじまじと茜を見つめた。

「まぁ、あなたが敏行さんの……そう」

茜は無言のままほんの少し頭を下げると、さっと軽トラに乗ってしまった。那海も、慌てて追いかけるように助手席の扉を開ける。

「あの、それじゃ」

「あぁ、えぇ。また」

女性は少し呆気《あっけ》に取られた様子ではあったが、動き出す軽トラをにこにこと見送っていた。那海はそれに、窓からぺこりとお辞儀をし、茜が紙袋を置いた荷台を振り返った。

「あの……」

「——あまり、ぺらぺらと喋らないで」

紙袋のことを訊ねるより先に、茜が引っ叩《ぱた》くような声音で告げてきた。

「人数の少ない集落なんだから。ちょっとしたことでも、すぐ広がる」

「あ……はい。すみません」

田舎の噂《うわさ》話は亜音速で広がるなんて話を思い出し、那海は思わず自分の口を手で覆った。そんなおかしな話はしていないつもりだったが、それでも茜にとっては気分がよくなかったのだろう。それからというもの、家まで茜は無言のままだった。

家に着くと、茜はガンケースと紙袋を再び手に取って、そのまま中に入って行ってしまった。

「うーん……」

那海は自室に戻ると、頭を掻きながら目を閉じた。

（よくない。よくないぞ）

茜と仲良くなるどころか、先から溝ができてばかりだ。しかも、原因は自分だ。これはよくない。

（これじゃ、「面倒だからやっぱり出ていけって」いつ言われてもおかしくないぞ）

実際、初対面であんなことを言われたのだから、その可能性は十二分にある。今、襖ががらりと開いて、「出てって」と宣《のたま》われてもおかしくない。

「どーしたら仲良くなれるんかなぁ」

どうせ一緒に暮らすのだから、仲良くなりたい――その気持ちは変わらない。だがそれ以上に、昨日今日と共に過ごす中で、基本無表情な茜が時折見せる、ちょっとした間《ま》だったり、苦みだったりが、那海の中で引っかかっていた。

そもそも、茜のようなタイプ――見た目にも、性格的にも――が狩猟をするというのが、実際にこの目で見た後でも結びつかなかった。

「茜ちゃんって……どういう人なんだろ」

はじめに思った、単なる気難しい人とは違う、なにか。それがなんなのか、知りたい。と。

ぐぎゅるるるるると、一際大きな腹の音が部屋に響いた。

「あ、もう無理」

つぶやきながら、ふらふらと部屋を出る。足は自然と、台所の方へと向かう。もしかしたら、なにかお菓子でもつまめるかもしれない。

「——あれ？」

すん、と鼻をひくつかせる。ミルクの香りが、廊下に漂って来ていた。

そろそろと廊下から台所を覗くと、ラフな服に着替えた茜がコンロの前に立っていた。くつくつと、鍋でなにかを煮ている。

「わあ……！　なに作ってるんですか」

こそこそしていたのも忘れて、那海はドタドタと台所に乗り込んだ。鍋を覗き込むと、シチューがくつくつと音を立てていた。

「美味しそう！」

「……あなた。手、洗ってないでしょ」

じとりとした目で、茜が訊ねてくる。そう言えば、半分逃げるように部屋にこもってしまったため、まだ洗っていない。

「今すぐ洗って来ますッ」

ダッシュで洗面所に向かい、ついでに服も着替えてしまう。どうせならシャワーを浴びたいくらいだったが、それよりも腹の虫を大人しくさせるのが先だ。

「きれいにしてきました！」

「その棚から、お皿出して」

茜の指さしにしたがって、那海はちゃきちゃきと動いた。陶器でできた青色の深皿を二つ出すと、今度は「パンも出しておいて」と言われた。丸い小さなパンが六つ程、テーブル上に置かれた小さな紙袋に入っている。

「うわ、柔らかっ」

パンは触ると指が沈むくらいに柔らかだった。形を崩さないよう、そっと平皿に三つずつ移す。

「——ほら」

ことん、とシチューの置かれた深皿が、テーブルの上に置かれる。乳白色のルゥの中に、赤や黄色が溶け込むように隠れている。

「美味しそう！　食べていいんですか」

「そのために出してるの」

話している間にも、茜はさっさと席につき、無言で手を合わせた。那海も慌てて座り、「いただきます！」と手を合わせる。

「んま！　すごく美味しいですこれ」

一口頬張ると同時に、那海は叫んだ。ミルクの甘さと、野菜の旨味《うまみ》が口いっぱいに広がって、他に表現のしようがなかった。

茜は、「そう」とだけつぶやき、淡々とスプーンを口に運んでいた。

「茜ちゃんが作ったんですか？　めちゃくちゃお料理上手ですね」

「違う」

「え？」

茜はスプーンで、持ち手のついた紙袋を指した。

「あ――龍之介さんですか」

確か昨日会ったときは、「料理を勉強した」と言っていた。

「そういえば、いただいたお餅も美味しかったです。栃餅、でしたっけ。龍之介さんって、なにをされてる方なんですか？　お店は、お父さんのって言ってましたけど――」

「そういうのは、本人に訊いて」

ぴしゃりと言いきられてしまい、那海は慌てて口をつぐんだ。言われてみれば、それはそうだ。

（あのおばあちゃんとの世間話も嫌がってたし。茜ちゃんって、そういうの好きじゃ

ないのかな）

那海は、お喋り自体は大好きだ。病院に勤めている頃は、問診やケアの最中に患者とよく話をしていた。

だが茜の言いたいことも分かる。他人の話題はプライバシーの問題が当然あるとして――下手すれば、陰口のようになってしまうこともある。

（そうなる前に、お喋り自体をきっぱりしないって決めちゃえば――ストレスも少なくて済むんかも）

そう、ぼんやりと考えながらパンをちぎり、シチューにひたす。柔らかなパンは頬張ると、ほんのりバターの風味がして、シチューの塩気と甘味によく合った。

「わー、ほんとこのパン美味しい……そういえば、昔に母が、田舎でパン作りしてみたいって話してて。そういうのって、ここでもできるんですかね？」

「パンなんて、東京だってどこでもできるでしょ」

至極当たり前という口調で、茜がつぶやく。それはそうだ。那海も頷きつつ、「でもでも」と、残りのパンを口に詰め込む。

「なんてゆーか……気分の問題なんですよ。田舎にいるからこそっていうか。うちの母親は、すぐ近くに美味しいパン屋さんがあるうちは、作る気になれないなんて言ってましたけど」

「確かに、この辺だと買える店は少ないかもね」

「でしょう？」

初めて賛同を得られたような気がして、那海は少し浮かれながらシチューをスプーンですくった。口に運びかけ——あれ？　と気がつく。

「これ。よく見ると……お肉、ですか？　野菜以外にも、なにか入ってるなーとは思ってたけど……細かすぎて」

それは、白いルゥの中に沈んだ、茶色の肉だった。細かな繊維状になるほどに、ほろほろと煮崩れしており、しかし噛み締めると旨味を感じる。

「鶏じゃないし豚でもない……もしかして、牛かなぁ？」

ビーフシチューというと、ホワイトソースではなくデミグラスソースで煮込んだものを思い浮かべるが——ふつうのシチューにもよく合うんだなぁと、那海はもう一口頬張った。

「……か」

「え？　なんですか？」

「それ、鹿」

ぼそりと茜が告げるのに、那海はしばらくスプーンをしげしげと見つめ——。

「へえええ！　これが鹿肉なんですか」

言いながら、またぱくりと口に入れた。

「んー、言われると確かに牛とは違う……ような？　いや、よく分かんないなぁ。でもすごく美味しい味ぃ」

鹿肉と聞くと、高級なフランス料理店などで出されるジビエを思い出す——もちろん、那海は食べたことなどなかったが。

「わーっ、高級料理だ！　いいんですかこんなのご馳走になっちゃってっ」

「獲ったのは、私だし」

茜が付け足した情報に、思わず「えっ」と手が止まる。

そういえば、ほんの一時間半ほど前まで、自分は鹿を狩るために目の前の人と山の中をさ迷っていたのだ、という事実を思い出す。

「狩猟って……獲った動物を食べられるんですか！」

「え。うん、まぁ……」

勢いよく訊ねると、茜が怪訝そうに頷いた。

「逆に、どうすると思ってたの」

「えー……いや、特に想像していなかったっていうか……あーでもそうですよね。狩猟って、本来そういうものですよね」

その表情に、怒られているような気になってしまい、那海は両手を振りつつ早口で弁解する。

　実際のところ、狩猟のイメージなど原始人が槍《やり》を持ってマンモスを追いかけているくらいにしかなかったが。それゆえに、一緒に山を回ったはずなのに――鹿を狙って撃つ姿さえ見ていたはずなのに。その鹿を食べる茜、というものはついぞ思いつかないでいた。

「そっか……じゃあわたしはさっき山で、茜ちゃんのごはんを無にしてしまったんですね……」

「別に、そんな食事に困ってるわけじゃないから」

「あれ？　でも、茜ちゃんが獲った鹿が、なんで龍之介さんのところでシチューに……？」

　ふと浮かんだ疑問を口にしただけだが、茜のスプーンを運ぶ手がぴたりと止まった。茜はじっと俯《うつむ》いてシチューを見つめ――それからぼそりと、本当に小さな声が那海の耳に届いた。

「……私、料理、できない」

「なんで片言なんですか」

　反射的にツッコんでから、改めて「え？」と訊き直す。

「茜ちゃん、お料理苦手なんですか」

「……まぁ、そう」

頷いた茜の顔が、気のせいか少し拗《す》ねているようにも見える。

「だ、大丈夫ですよ。そんな恥ずかしいことじゃないですって！　あ、もしかして、だから朝ごはんも食べないんですか？　でもでもラッキーですよね、獲った鹿をこんな美味しい料理にしてくれるお友達がいるなんて。もしかして毎回持っていってたり——」

「気を遣わなくていいから一辺に喋らないで」

やや強い口調で言われ、那海はパッと口を閉じた。怒られたという感じはしなかった。ただ、茜がなにかしら恥ずかしがっているのだけは分かる。那海のフォロー（の、つもり）などなにも役に立っていないことも。茜は額をおさえ、はぁと息をついた。

「……自分で獲った獲物くらい、自分で調理できた方がいいに決まってる。けど」

苦いものを噛んで含んでいるような顔で、茜は続ける。

「……食べられないものを量産するよりも、確実に美味しくしてくれる相手に任せるのが無難だと、ワンシーズンかけて気づいて」

「ワンシーズン、頑張ったんですね」

狩猟のワンシーズンというのがいつからいつまでなのかは知らない。しかし、ふだんが「無」であるが故に、葛藤《かっとう》を浮かべる目の前の茜の表情からその努力は窺い知れた。

「でも、そうやって自分で獲って、龍之介さんに渡したお肉で、こうやって美味しいシチューが食べられるなんて、すごくいいじゃないですか！　おかげで、わたしまで美味しい想いをさせていただいちゃって」

「それは――」

茜がふと、口ごもる。不要だったり、不快だったりする会話を切って捨てるときのような鋭さはなく、ただ、どう言ったものか迷っているようだった。

「……あなたが、あんなふうに狩猟について行きたがってたから。よほど、その、獲れたものを食べたいのかと……」

「え」

ぽかんと口を開けてしまうと、茜はさっきからやや赤くなっていた頬を、ますます紅潮させた。

「だって、東京からこんなところまで来るようなもの好きだし。そういうものかなって」

（あ。だから）

先程、那海が「狩猟で獲ったものを食べるのか」と訊いたとき、茜が怪訝な顔をしていたのは――なにも、那海が無知であることを責めていたわけではなかったのだ。

肉目的で狩猟についてきたと思っていた相手が、そもそも肉を食べられることすら知らなかったという思い違いに気がつき、驚いていたのだ。

そして、そんな思い違いをしていたからこそ、あんな何時間も山の中をさ迷い疲れているにもかかわらず、目の前のシチューを分けてもらいに行ったわけで。

「――っ茜ちゃん！」

気がつけば、那海は身を乗り出し、茜の手を取っていた。突然のことに、茜は目を丸くしている。

「え、なに」

驚いているどころか、ちょっと引かれている気さえするが――今の那海には、些細《ささい》なことだった。

「わたし！　茜ちゃんのためになにができますかっ？」

叫んだ途端、茜の目が丸く見開かれたのを、那海は見た。ガラス玉のように、どこか軽薄だったその輝きに、その瞬間確かに色が宿った気がした。

「なに、を」

「だって、昨日から茜ちゃんにお世話になってばかりだし」

それに、と。那海はシチューに視線を落とした。思わず、口元がにやけてしまう。

「わたしのために、わざわざこういった用意までしてくれて。茜ちゃん、めっちゃいい人じゃないですか。そんな人のためだったら、なにかしたくなりますもん」

「そんな、こと」

茜はふいっと視線を逸らし、手を振り払った。那海の手のひらに、温かな感触だけが残る。

「あなた、そんなことよく言えるね。昨日は帰れって言った相手だよ？　なんで、そんな」

茜の顔に、皮肉げな笑みが浮かぶ。自虐的――とも、那海には見えた。

「それ。そこなんですよ」

頷きながら席に座り直し、スプーンをくるりと回す。シチューと、茜とを見比べ、那海はスプーンをシチューにくぐらせた。

「なんで、あんなこと言ったんですか」

「は？」

「茜ちゃん、親切じゃないですか。お風呂用意してくれるし、お布団貸してくれるし、猟も頼んだら連れてってくれたし、その上こんな料理も手配してくれて。それなのになんで昨日は、あんな冷たそうな態度だったんですか」

あむっとスプーンをくわえる。口の中に広がる美味しさは、那海にとって、茜の優しさでもある。

「わたし、茜ちゃんのこともっと知りたいです」

「……っ」

ガタン、という音が台所に響き渡る。

急に立ち上がった茜の後ろで、バランスを崩しかけた椅子が倒れかけ――なんとか留まり、もう一度「ダン」という音を立てた。

「……止めてよ」

低い、小さな声。俯いていた茜は、ギッと那海をにらみつけると、今度はそれよりやや大きな声で続ける。

「たった一日一緒にいただけで、他人《ひと》のこと分かった気になって。ほんと――めんどくさい。やっぱり、昨日オッケーしなきゃよかった」

ごちそうさま、と乱雑な口調で言うと、茜は空になった皿を洗い場に下げ、そのままガシャガシャと洗い始めた。

その背中を見つめながら、「えーっと……」と那海は頬を掻いた。

「あの……」

「別に、この家にいてもいい。必要なものも使えばいい。でも――」

皿を洗い終えた茜が、キュッと蛇口を閉める。そのまま、振り返りもせずに言い放った。

「私には、関わらないで」

第三話　ごちそうさま

―ちたけ蕎麦と猪チャーシュー―

ひらひらと、雪が舞い降りてくる。思わず、那海《なみ》は「わぁ」と歓声を上げた。口から出る息も白い。

「寒いと思った。もうそんな時期なんだぁ」

那海が《antler《アントラー》》に来て、早一週間が経っていた。

十二月上旬とは言え、鬼頭《きがしら》地区の気温はもう東京の真冬とそう変わらない。ネットショッピングで急遽《きゅうきょ》購入した冬用のダウン――その袖に両手を隠すようにしながら、那海は先を急いだ。

向かった先は、茜《あかね》の家から二キロほど離れた場所にある、山菜屋《さんさいや》だった。

二日目の猟の帰り、茜に車に乗せてもらっていた際に、道路沿いに見かけていた。そのときには、まだのぼりが出ていたため、まだ休業していないのだろうと踏んでいたのだが――。

「やったー！　開いてたーっ」

思わず、その場で万歳しながら、那海は店へと駆けこんだ。

（わ、あったかい）

店の中では、丸い石油ストーブが赤赤と燃えている。陳列棚には、袋詰めやパック詰めになっている山菜や漬物、きのこなどが並んでいる。

「いらっしゃい」

奥から出てきたのは、高齢の女性だった。おそらく、彼女が店主なのだろう。やや腰を曲げ、可愛い桃色の杖《つえ》をついている。

「街からのお客さんけ。どこまで行くんです」

「先週から引っ越して来たんですよ。それで、近くのお店とか見てみたいなと思って、寄らせていただいたんです」

そう聞くと、店主は少しだけ目を大きくして「そうけ」と大きく頷いた。

「外は寒《さみ》いべ。茶でも飲みますか」

「え、いいんですか？　いただきますー」

店主はストーブの上でしゅんしゅんと音を立てているやかんを手に取ると、小さなテーブルに置かれた急須にお湯を注いだ。

「熱いから、気ぃつけてくださいね」

「ありがとうございます」

ふぅと何度か息を吹きかけ、ゆっくり、ゆっくりと茶をすする。お腹に温かいものが落ちていくと、ふっと身体が楽になる。

「ごちそうさまです。――ワサビ漬けとか美味しそうですね。地元で取れたやつなんですか？」

「んだべ。この辺は水がきれいだかんよ。ワサビは特産品だなぁ」

「へぇ……」

確かに、この店まで歩いて来るときにも、奥に大きな川が流れているのが木々の隙間から見えた。

「昔は高原《こうげん》大根なんかもよく育ててたんですけどね。今は、鹿や猪なんかが降りてくることも多くなっちまって、だいぶ減りました」

「鹿や……猪」

きゅっと唇を噛み締める。那海も、茜の猟に連れて行ってもらって以来、鳥獣被害については少しだけネットで調べてはいた。

「山から降りてくる鹿が、増えてるんですよね」

「鹿自体が増えちまってるからねぇ。うちも庭でやってる畑が去年やられちまって。今年はハンターやってる人に頼んで罠ぁ仕掛けてもらってたっけど、どうかねぇ。この辺は猿も出るし」

「そうなんですか……」

鳥獣被害が農業に与える影響は、毎年深刻なものだとはネットでも見た。そのせいで、農業を離れる人がいるということも。

(ここでも実際……そういうことが起きていて。そうならないためにも、茜ちゃんみたいな人が、必要とされてるんだ)

あのとき。声を出して、鹿を逃がしてしまった自分。わざとではない――つもりだった。ただ怖かった。でもあれは結局、茜のやっていることを否定しただけの行動のような。そんな気もする。

「――だいじょう《大丈夫》け?」

「え」

気がつけば、近くに店主がいた。心配そうな顔で、那海を見つめている。

「眉間《みけん》にシワが寄ってるけぇ、ばあちゃんみたいになっちまうべな」

お茶熱かったんけ、と訊かれ、慌てて首を振る。「おいしいです」と言うと、店主はにこりと笑った。

「ここはなんにもねぇとこだけんどよ。山とじいちゃんばあちゃんはいっぱいいっから。なんかあったら、誰かに聞くといいですよ」

「……はい！　ありがとうございます」

少しとぼけたもの言いで、しかし優しい店主の言葉に、那海は思わず笑いながら頷いた。空になった湯のみを「ごちそうさまでした」と店主に返すと、ふと乾燥きのこが目にとまった。

「わぁ、きのこ。きのこもよく取れるんですか」

「きのこや山菜は、季節になるといろいろ出回るよ。今の時期は、加工品だけんどね」

「それでも美味しそうなのがいっぱい。このきのこは？　はじめて聞く名前」

「ちたけは、栃木でよく食べられてるきのこですよ」

後ろから突然聞こえた声に、「うひゃっ」と声を上げながら振り返ると、背の高い男が同じように驚いた顔をしてこちらを見下ろしていた。

「龍之介《たつのすけ》さん」

「ごめん、そんな驚かせるつもりはなかったんですけど」

がたいは大きいのに、眉をハの字にして謝ってくる龍之介は、なんだかいたずらを怒られた子どものようにも見えた。慌てて、那海も頭を下げる。

「いえ！　ちょっとぼーっとしてたというか……あ！　ていうか、シチューありがとうございました。すごく美味しかったですっ」

「あぁ。お口に合って、よかったです」

そう、人のよさそうな笑顔を見せられると、もの寂しさを感じていた胸がなんだか癒されるような感覚がした。もっとありていに言うと、ちょっとキュンと来る。

「あぁぁぁ……龍之介さん、めっちゃいい人……」

気を抜くとその場にしゃがみ込みそうになってしまいそうなのを堪《こら》えながらつぶやくと、龍之介は首を傾げてから、「あの」と訊ねてきた。

「那海さん、お昼ごはんはこれからですか」

「え？　あー……はい。そうですね」

店内の時計を見ると、十一時を少し過ぎたところだった。龍之介も同じように時計に目をやりながら、「少し早いですけど」と那海の手にあった、パックを手に取る。

「よかったら、うちでお昼食べて行きませんか」

店の表に停めてあった龍之介の車に乗り込むと、すっと車は動き出した。四駆のやごつい見た目の車だったが、運転はとても丁寧で、まさしく龍之介そのもののようだ。

「すみません、なんか図々しくて」

「いえ、こっちからお誘いしたんですし」

車だと、三十分近くかけて歩いてきた道が、あっという間に通り過ぎていく。

「自転車くらい、買った方がいいですかねー」

「買うなら、春になってからの方がいいですよ。どうせこれからの季節、乗れなくなっちゃいますし」

窓の外の、雪で白く染まった道を見ると、「確かに」と納得してしまう。きっと、一月二月にはこんなものでは済まないのだろう。

「もしかして、頭の上まで積もったりしますか？」

「さすがにそこまでは。でも腰くらいまでは積もることもありますよ」

「そんなに」

龍之介の腰くらいということは、那海であれば胸の高さくらいにはなりそうだ。

「それじゃ、車でも出かけるのは大変そうですねー」

「いや、街に出るためのこの道は国道なので、除雪されるんです。なので、意外と大丈夫というか。ただ、この道に出るまで……特に家の周辺の雪かきが大変ですね」

そう、龍之介は今走っている太い道を示しながら言った。

「コンビニもスーパーも、那須まで行ってしまうか下に降りるかすればあるんですが、徒歩圏内だとないですからね。車は、あった方が便利です」

「車……車かぁ」

那海も免許を持ってこそいるが、単なる身分証として存在しているだけのペーパードライバーだ。今更——しかも、こんなくねくねとした山道を、一人で運転できる気がしない。

「持ってなくても、生活はできますけどね。実際、集落の人たちは、返納しちゃってる人も多いですし」

「返納……」

おうむ返しをしてから、「あ」と気がつく。

「そうか、お年寄りが多いから……」

先程の店主も、「じいちゃんばあちゃんはいっぱい」だと言っていた。どれくらいの割合かは分からないが、年寄りの多い地域ではあるのだろう。

「村の半分以上は年寄りですから。那海さんみたいな若い人が引っ越してくるって、すごいレアですよ」

自分のことは棚に上げて、龍之介が笑う。

「それは、お嫁ちゃんが地域に来ることも、一大イベントになっちゃうわけだ……」

「え？」

「いや、なんでも」

思い出していたのは、食事処の前で会った女性のことだった。やけに「お嫁ちゃん」を連呼していたが、そういうことだったのか。

「そうすると、どうやって買い物とか行くんですか？」

「うーん。家の中でも若い人が買い出しに行ってくれる場合が多いみたいですけど……。でも、今はネットスーパーもありますし。いざとなれば電車や、買い出しバスもありますから、意外となんとでもなるようですよ」

「はー……なるほどなぁ」

言われてみれば、那海が今着ているダウンも、こちらに来てからネットで買ったものだ。ちゃんと届くのか心配だったが、注文して二日後にはふつうに運ばれてきた。

《お食事処いそべ》の前に着くと、相変わらず店には「休業中」の張り紙があった。その横を通り過ぎ、龍之介は家に入って行った。

「どうぞ。そんな散らかってないとは思うけど」

「おじゃまします……」

前回は玄関口までしか入らなかったのが、当然のようにその先へと促される。異性の家に上がるなんて何年ぶりだろうか。少なくとも、ここ数年そんな記憶はない。

(龍之介さんのいい人オーラでつい安心しきってたけど……まずかったかな)

そわそわする那海の気持ちを知ってか知らずか、居間まで来たところで龍之介が「楽にしてて」と笑いかけてくる。

「父親と二人暮らしなんですけど、父は今日ちょっと留守にしてるから」

「そ……そう、ですか」

なんだか「今日、親いないんだ」という、恋愛漫画のお約束なセリフを思い出し、那海は慌てて自分の頭をポカっと叩いた。その間に、龍之介が手際よくファンヒーターをつける。

男所帯にもかかわらず部屋は整頓《せいとん》されていた。そもそも、物が少なく感じる。壁際に置かれた仏壇《ぶつだん》が、やや幅を取っているくらいだ。

「少し待っててください。今、作るから」

「あ。お手伝い、してもいいですか？　ちょっと、お料理見てみたくて」

台所に入るのを嫌がられるかも、とは思ったが、一人でそわそわしているのも性《しょう》に合わない。幸い、龍之介は「それならぜひ」と、笑顔を崩さなかった。

「こっちです」

そう案内された台所は、居間と一続きだった。広々として見えるのは、居間と同じように物が少なく、整理されているからだろう。

「なに作るんですか」

手を洗いながら訊ねると、紺色のエプロンを手早く身につけながら、龍之介が「蕎麦です」と答える。

「ちたけ蕎麦を作ります」

那海は、買ったばかりのちたけを見つめた。パックに詰められた乾燥ちたけは、濃い茶色のカサにやや白いものがついていた。しめじよりもおおぶりで、しかしシイタケよりやや小さく、カサが少し反り返っており、舞茸《まいたけ》ともエリンギとも似ていない。

「きのこのお蕎麦って言うと、なめこのお蕎麦とかイメージしますけど……そういう感じなんですか？　このちたけって」

「まぁ、食べてみれば分かりますよ」

そう言って、龍之介は野菜室から茄子《なす》を取り出した。

「春風さんは、ちたけを水で戻してもらえますか。ボールは、こっちのを」

「分かりました！」

言われた通り、ボールに水を張っていると、龍之介が茄子を半月切りにしていた。それを別のボールの水に浸し、さっと鍋を手に取った。その手早さに見惚《みほ》れていた那海は、慌てて蛇口を離れて、作業台にボールを置いた。ちたけのパックを開けると、中からふわりといい香りがする。

「えーっと……この白いのは、カビとかかかなぁ」

きのこはふつう、水洗いはしないものだが、どうするべきか。少し悩んで、ペーパーふきんで拭き取ろうとすると、水を張った鍋をコンロに置いた龍之介が、「それは大丈夫ですよ」と声をかけてくる。

「その白いのはカビではなく、旨味の成分なので。そのまま水で戻しちゃってください」

「へぇ……分かりました！」

言われた通り、ちたけを水に浸していく。

「ちたけは、生の状態で切ると中から白い液が出てくるんです。なので、乳茸《ちちたけ》——ちたけ、って名前なんです」

「それが、美味しさの素《もと》なんですかー」

そんなきのこがあるなんて、知らなかった。その間に、龍之介はどんどん作業を進めていく。

「蕎麦を茹《ゆ》でちゃいますね。蕎麦は、あの山菜屋のナツさんが打ってるんですよ」

「へぇ……あのおばあちゃんが」

物腰の柔らかい店主を思い浮かべながら、那海は思わず目を丸くした。山菜屋で龍之介がちたけと一緒に買った麺は一本一本が細く、束になっているのを見てもとても繊細そうだ。

「蕎麦は俺が見てるんで。春風さんは、そろそろちたけを水から出してもらえますか。水は、出汁《だし》に使うので捨てないように」

「はい！」

なんだか楽しくなってきて、那海は勢いよく頷くと、言われた通りちたけを水からすくい上げた。

「そしたら、どうすればいいですか?」

「軽く水を絞ったら、茄子と一緒に炒《いた》めます。ごま油を使うと、香ばしくなりますね」

「分かりましたー」

別の小ぶりな鍋にごま油をひき、軽く熱してから茄子とちたけを入れる。じゅわっと音を立てて、白い煙が立ち昇った。

「蕎麦は……これくらいでいいかな。茄子とちたけが炒まったら、だし汁を入れますね」

時計を確認しながら、龍之介が蕎麦を湯ぎりする。水で晒《さら》した蕎麦は、見た目にも上品だ。

「出汁、入れますね」

さっと龍之介がやって来て、ザルで濾《こ》しながらちたけを戻した水を鍋に加える。それから、冷蔵庫からポットを取り出してくる。

「それ、なんですか?」

「これは、カツオと昆布を一晩水に漬けて取った出汁です。これを合わせますね」

やや色づいた透明なだし汁が、鍋に追加される。更に醤油《しょうゆ》と少量の砂糖を足しながら、龍之介が味を調整していく。

「――こんなものかな」

「わーっ、もうめちゃくちゃいい匂いじゃないですか……！」

さっそくどんぶりを出して、蕎麦をよそう。つやつやと輝く麺の上に、茄子やちたけごと黒っぽいつゆがかかると、甘辛い香りが丼から漂ってきた。

「わ！　これで完成ですか」

「もうちょっと、待ってくださいね」

龍之介はそう言うと、少し前に冷蔵庫から出していたタッパーを取り出した。煮つけられた肉の固まりが、ドンと鎮座《ちんざ》している。

「焼豚《チャーシュー》ですか？　美味しそう」

「ちょっと違うかな」

龍之介はいたずらっぽく笑うと、肉を薄く四枚ほど切り、二枚ずつ蕎麦の上に載せた。

「これは、豚じゃなくて猪なんです」

「えっ、猪!?」

思わずまじまじと見つめるが、ふだん食べる豚肉のチャーシューとの違いはよく分からない。

「せっかくだから食べてみて」

「は……はいっ」

どんぶりを居間まで運び、テーブルの上に置く。部屋はファンヒーターで、程よく温まっていた。

窓の外には、ちらちらと雪がちらついているのが見える。

「いただきまーす」

割り箸で麺をすすると、麺に絡まったスープが口に入り、甘じょっぱい旨味でいっぱいになった。

「わ、わ。なんですかこれ。すごく美味しい！」

「ちたけの出汁が効いてるんですよ。旨味が濃いですよね」

「ほんと……きのこだし、椎茸《しいたけ》みたいな感じかなと思ったら、そこまできのこっぽくもないっていうか……クセはないけれど、独特の風味はあって。わー、言葉にできないっ」

スープもそうだが、麺も美味しい。繊細な見た目に反してコシがあり、蕎麦の味がつゆに負けないくらいに感じられた。

「きのこと茄子も美味しいです！」

「茄子は油と相性いいですよね。ちたけは、出汁は美味しいけれど本体はぼそぼそしていて。でもこうすると、食感がよくなるのと旨味が染み込んで、美味しく食べられるんです」

料理の話をしている龍之介は、目に見えて楽しそうだった。表情が、ただ柔らかいのとは違う、生き生きした笑顔になっている。それがなんだか嬉《うれ》しくて、那海はますます箸が進んだ。

「チャーシューも美味しい……食べ応えが、豚よりあるかなって感じですけど。でも味はほとんど変わらない気が」

「猪と豚は親戚みたいなもんですから。豚《とん》カツみたいにしたり、鍋に入れても美味しいですよ」

「へぇ……」

どんぶり一つの中に、初めて食べるものが詰まっている。だが、それなのにどこか懐かしいような。ホッとする味だ。

「なんか、こういうちゃんとしたごはんって、幸せだなぁ」

気持ちがそのまま、言葉になる。龍之介はふと顔を上げ、「いつも、なにを食べてるんですか」と軽い調子で訊いてきた。

「いやー。それが全然買い出しとかできてなくて。ただ、茜ちゃんが買い置きのラーメンとかお米とか、あるものは適当に食べていいって言ってくれたから、その分のお金は払って食べてたんですけど」

「茜とは、上手くいってるんですか」

「いやほんと、茜ちゃん親切で。最初思ってたのと全然違うなって。食事のことも、向こうから言ってくれて――」

ぺらぺらと喋る那海を、龍之介の目がじっと見つめている。なんだか見透かされているような気がして、ふっと口をつぐんでしまった。

「……まぁ、たぶん。好かれては、いないと思います……けど」

それどころか嫌われている気がするが、さすがにそれは言えなかった。なにせ「関わらないで」と告げられたくらいだ。それでも、食事の面では気を遣ってくれている茜は、本当に親切なんだろうなと感じる。

「茜も、ほっとくとほとんど食べないか、食べてもインスタントばかりですからね」

はぁと、龍之介が大きくため息をつく。まるで、子どもを叱る大人のような表情だ。

「春風さんと暮らすことで、少しは改善されるといいなとは思ったんですけど」

「……お役に立てず」

那海が肩を落とすと、龍之介は慌てて両手を振った。

「違うんです。春風さんが悪いんじゃないんですよ。ほら、あいつ頑固でしょう。人当たりがいい方じゃないし。まぁ、最初に会ったときを見れば、分かると思いますけど」

それは確かに分かる。「めんどくさいから帰って」というあの台詞からは、厄介《やっかい》な感じしかしなかった。

「でも――その後は、ほんとよくしてもらったんですよ。わたしも、茜ちゃんのこと分かった気になって……もっと分かりたくて。仲良くなりたくて、先走って……空回りして」

言いながら、どんどん声が小さくなっていく。この一週間、何度となく脳内で反省会議を開いては、自分のバカさ加減が嫌になっていた。箸先で、チャーシューをつかむ。

「……わたし、狩猟で獲ったものをこうして食べることすら、知らなかったっていうか、考えることもしてなくて。ただ好奇心だけで、茜ちゃんの猟に無理やりついていって、その結果――茜ちゃんの頑張りを無駄にして。それでも、茜ちゃんはわたしを喜ばせようとして、龍之介さんにシチューをもらいに行ってくれたりしたのに。わたしがしたことは、ただ茜ちゃんの心に、土足で入り込もうとしただけで」

それでもなんとか仲良くなりたくて、簡単なものでも朝ごはんを用意してみたり、率先して家を掃除して回ったりもした。

皿に盛られた食事を茜は無視などしないが、ただ「いただきます」と「ごちそうさま」を機械的に言って食べては、「もったいないから食べたけど、こういうのはもう止めて」と苛立った口調で言われてしまった。

部屋の掃除も似たようなものだった。廊下や台所、使われていない部屋などを茜の留守中に片付けていたが、「勝手なことしないで」とかえって怒らせてしまった。

「わたし……働いていたときは、人と仲良くなるのは割と得意だと思ってたんですけど……今思えば単なる思い込みだったというか、周りが優しかっただけなのかなって……」

「なにもそこまで落ち込まなくても」

ズルっといい音を立てて蕎麦をすすりながら、龍之介が苦笑する。

「自分の懐《ふところ》に入って来られるのが嬉しい人もいれば、そうじゃない人もいるってだけでしょう。茜は、そういう意味ではいろいろ気をつけた方がいいタイプだから」

「――あ」

そう言えば、茜と初めて会うときにも、龍之介が「気をつけた方がいい」と言っていたのを思い出す。あれは、そういう意味だったのか。

「……龍之介さんは、茜ちゃんと仲良しですよね……」

「いや、別によくないけど」

あまりにも那海の目が妬《ねた》まし気《げ》だったのか、龍之介が若干身を引く。

「俺よりは、妹の方が仲良いですよ。元々、シェアハウスもそっちとやろうとしてたらしくて」

「妹って……龍之介さんの？」

そう、と頷く龍之介。

シェアハウスもそっちとやろうとしてたらしくて――その言葉に、何故だか喉元がぎゅっと苦しくなる。

「……妹さんって」

「今、東京にいるんですよ。そっちで仕事したいって言って。でも最近、在宅ワークがメインになりそうだから、戻って来てあの家を継いだ茜と暮らそうかなんて話をしてたみたいなんですけど……まだしばらく、帰れなくなったとかで」

「……」

そう言えば、使われていない部屋がいくつかある中で、茜は那海に今の和室を使うよう最初に指示した。つまり、今使われていない部屋は、きっとその「妹」のためのものだったのだろう。

（そこを勝手に掃除しようとしたから、怒ったってこと……？）

だとしたら那海はまた、茜の大切な部分に土足で足を踏み入れようとしたということなのだろう。

「……っ、難しい！　人間関係ッ」

ガッと蕎麦をかき込む。美味しさに癒されつつも、同時になんだか腹立たしい。それは、この蕎麦がこの土地の味で。そして自分がまだ、ここで上手くやれていないから。

「このお肉も、もしかして茜ちゃんが？」

「あぁ。茜が持ってきたやつですね」

「こんなのまで……すごいなぁ」

この肉の主は、一体どんな姿だったのだろう。自分は美味しく調理された「肉」の姿しか知らないが、生きているときには山を駆け巡り、畑を荒らし、子を育て生きていたわけで。茜はそれと対峙《たいじ》し、撃ったのだ。

「——一体、どういうことを考えてたら、そんなことできるんだろ」

それは思わず漏れてしまった独り言だったが。まるで茜を責めているようなものになっていやしないか、那海はハッと口をおさえて龍之介を見た。

「俺はハンターじゃなくて、もう肉になった後のものしか見てないから、分かんないですけどね」

そう、龍之介が苦笑する。

「ただ、俺は食材は食材っていうか。それ以上のことはあまり、考えたことはないですね」

「そう、ですよね。あがが……わたしったらまた、余計なことを」

「別に、いいんじゃないですか」

軽い調子で相槌《あいづち》を打つ龍之介の表情は、変わらずに柔らかい。

「悪いことじゃないと思いますよ。少なくとも、あなたはそれだけ、茜と向き合ってくれようとしているんでしょう」

優しい声だった。その優しさが、那海に向けられているものなのか、それともここにはいない茜に向けられているものなのかは、分からないが。

「……でも、茜ちゃんに嫌がられちゃってたら、意味ないですけど」

「それは確かに」

龍之介は頷くが、「でも」と笑顔のまま続ける。

「少なくとも、嫌われてるとは思わないですけどね」

「え」

それは那海にとってかなり意外な言葉で、反射的にこれまでの茜の様子を思い出してしまう。

「……いや。でも、わたし『関わらないで』とまで言われちゃって」

「そんなことまで言ってるんですか、あいつ」

呆れたのと、笑ってしまうのとが半々になったような口ぶりに、思い出すと鉛のようにのしかかってきていた言葉が、ふっと軽くなった。

「言ったでしょう。あいつ、頑固なんですよ」

「はぁ」

「だから、嫌いな相手に親切にしたりとかは、できないんです」

まぁこれは、妹からの受け売りですけど——と付け加えた龍之介の言葉は、もう那海の耳に届いていなかった。

(嫌われて……ない)

茜という人物を、自分はなにも知らない。知りたくて、共に暮らす相手として仲良くしたくて、知ろうとして——拒否されて。見知らぬ土地に来たばかりの那海にとって、茜という存在はそれでも大きく、空回ってばかりの自分を、那海自身だんだん嫌いになりかけていた。

「……よかったぁ」

泣きこそしないが。心にのしかかっていたおもりがもう一つ、外れたような心地がした。

「でも、春風さんも面白い人ですね」

「え、なにがですか?」

「だって、シェアハウスの住人なんて、言ってみればただの他人じゃないですか。共同スペースはあるけれど、基本は別の部屋で過ごすんですし。ルールだけ決めて、もっとシステマティックにだってできるでしょう」

そんなことを、龍之介に言われるのがなんだか驚きで。那海はまじまじと顔を見返してしまった。

「……でも、仲良くなれるなら、なりたくないですか？」

「仲良くなりたいような相手なら、そうですね」

きっぱりと、龍之介は言い切ってみせる。

「みんなで仲良くしましょうっていう、小学生じゃないんだから。人間関係、無理しない方がいいって思うようになるでしょう、大人って。だから、面白いなって」

言外に、小学生並と言われているような気もしたが。龍之介に言われると、悪い気はしないのが不思議だ。

「………わたしにとって茜ちゃんは、仲良くなりたいような相手、なんですよ」

自分も、茜にとってそんな存在になれればいいが。それを相手に押しつけてもいけない――きっと、茜を怒らせてしまったのは、そういう部分なのだろう。

(だけど、嫌われてないっていうのを信じるなら)

シチューを食べたあの日。手を取った、あの瞬間。茜の目が一瞬輝いて見えたのは、きっと間違いじゃない。

好きになってほしいからではなく。仲良くなりたいからでもなく。それらの打算をザルで濾《こ》した、純粋な思い遣《や》りだけで行動ができたなら、どんなにいいだろう。

そして那海が茜に一番惹《ひ》かれたのは、そういう部分だ。

ほとんど空になったどんぶりを見つめて、那海は一つのことを心に決めた。

「龍之介さん」

「おかわり？」

「おかわりもしたいですけどっ」

差し出された手にどんぶりを渡しながらも、那海は椅子から腰を上げた。

「おかわりとは別に、お願いしたいことがあるのですが……！」


玄関の戸が開く軋《きし》んだ音に反応して、那海は慌ただしくそちらへ駆けた。

「おかえりなさい、茜ちゃん！」

玄関の前にサッと立つと、靴を脱いだところだった茜のぎょっとした顔が見えた。

「……なに、急に」

「外寒かったでしょ！　お風呂わかしてるから、先に温まって」

茜はなにか言いかけたが、ほんの少し眉を寄せると小さく「分かった」とつぶやき、部屋へと向かって行った。

「――よし、今のうち」

那海は急いで台所へ戻り、冷蔵庫から取り出した小ぶりの鍋を、コンロに置いた。

弱火にして温めている間に、ガチャガチャと食器を用意する。

ややして、風呂から上がり、パジャマ代わりにしているらしい裏起毛のジャージを着た茜が台所にやって来た。普段ならそのまま、戸棚を漁ってカップ麺あたりを手に取るのだが、テーブルの上に並べられた二人分の食事を見てまた僅《わず》かに顔をしかめる。

「――こういうのは止めてって、言ったはずだけど」

「ごめんごめん。でもたまには、カップ麺じゃない温かいごはんも、食べてもらいたいなって」

冷たい言葉も、視線も、覚悟の上だった。それでも食事を用意したのは、今日龍之介の家でごちそうになったときの、あのほっと力の抜ける感覚を、茜にも感じてほしかったからだ。

「茜ちゃん、そんなにいっぱい食べないタイプでしょ。だから、食べやすいものをと思って、考えたんだ」

テーブルに並んでいるのは味噌汁《みそしる》と、小ぶりの丼ものだ。白米の上にのっているのは、猪肉で作ったチャーシュー。

「……これ、龍之介に分けてもらったの？」

「うお、さすがに鋭いですね」

椅子に座りながら訊ねてくる茜の言葉に、なんだか嬉しさを覚えながら、那海は「ちっちっ」と指を振った。

「でもちょっと違います。これ、龍之介さんに教わって、わたしが作ったんですよ！」

「……へー」

得意げに言ったものの、返って来たのは淡泊な反応。しかし、それだって想定内だ。別に褒めてほしいわけでも、無理に喜んでほしいわけでもない。

（と言っても、やっぱりちょっと寂しいけどっ）

それは心の中だけにしまうことにして自分も椅子に座ると、茜がそっと手を合わせた。

「……いただきます」

「いただきますっ」

味噌汁は、ちたけの出汁を使っている。蕎麦にしたときほど強い主張はないが、その分まろやかな美味しさを感じる味になった。具はほうれん草と豆腐。そして――。

「……これ、たまごが」

「半熟たまごです！　結構、お味噌汁に合うんですよ。妹が受験前とかに体調崩して食欲ないときなんかに、よく作ったんですよー」

これは、作るまで自分でも忘れていた。沙那が大学に入り、一人暮らしをするようになってからは、こういうものを作る機会もすっかり減ってしまっていた。

（なんだか、懐かしいな）

ちらっと見ると、茜は黙々と食事を続けていた。ゆっくりではあるが、噛み締めながら食べ続けている。そのことに、なんだか安心する。

「……これ」

どんぶりを手に持っていた茜が、ぼそりと囁《ささや》くように訊ねてくる。

「作るの、時間かかるんじゃないの」

「あ、チャーシューですか？　圧力鍋を借りたから、かなり時短になって。わたしは教わったレシピ通りに作っただけですけど、玉ねぎやネギと煮込むから、甘くて柔らかくて美味しいですねっ」

猪肉は、一度に料理しきれず冷凍しておいたというものを分けてもらった。バラではなくロースなため、昼間食べたものよりさっぱりしているが、食の細い茜にはこちらの方が食べやすいだろうと考えた。

「最初に下茹でするんですけど、猪ってものすごい灰汁《あく》が出るんですね！　それをしっかり取って洗い流さないと、獣臭くなっちゃうって、メモに書いてあって。もこもこって感じで出てきたから、びっくりしちゃいましたよー」

べらべらと喋ってから、ハッと固まる。茜がじっと、こちらを見ている。

「えっと……ほら。茜ちゃん前に、お料理苦手って言ってたし。毎日できあいのものとか、インスタント食べてるけど……シチューは、すごく美味しそうに食べてたから、手作りが嫌いなわけじゃないんだと思って。だから、一緒に住むなら苦手は補《おぎな》い合うって言うか……わたしもここに来る前、栄養失調みたいな感じだったから、ほっとけないし。えぇっと」

「――お人好し」

やや大きめの声でズバッと言いきられてしまい、那海は胸をおさえた。

「べ、別にお人好しとかじゃ！　わたしだって、その……仲良くしたいと思える相手じゃなきゃ、そんな」

龍之介との会話を思い出しながらなんとか反撃するものの、「だから、お人好しなんでしょ」と茜はそれを叩き折った。

「ただの押しつけがましい世話焼きかと思ってたけど。そうじゃなくて、ただのお人好しだっていうなら、納得はできる」

「いやだから、お人好しじゃ――」

反論しかけて、ハッと気づく。

「それって、つまり」

「これ、わざわざ猪で作ったんでしょ？　豚じゃなくて」

丼に残っていた最後の一欠けを、米粒も残さずに、茜が口に入れる。

敢えて猪肉の料理を教えてもらったのは、ただ美味しかったからだけではなく、猟に参加するのとは別の側面から、茜の考えに寄り添えないだろうかと考えたからだ。もう、無知なまま迷惑をかけるのも、そんな自分も嫌だった。

「この前は、私も言い過ぎた」

箸を起きながら、「ごめん」と茜が頭を下げる。

「……この前って、どれのことですか」

とぼけるつもりはなかった。むしろ、思い当たる節があり過ぎて、つい訊き返してしまうと「ごめんってば」と茜も目を逸らしながら髪を掻き上げる。

「いろいろ過敏になっていた。最初にめんどくさがったのも……あなたのせいじゃなくて。ちょっと、身内と揉《も》めてて」

「ご家族と……？」

「でもそれは、あなたには関係ない」

茜が手を合わせる。伸びた背筋で、「ごちそうさま」とつぶやいた顔は、少し緩んでいた。

その一言で。「ありがとう」と「これからよろしく」を言ってもらえた、そんな気がして。

「――お口に合ったなら、嬉しいですっ」

満面の笑みを浮かべながら、自分の皿を空にした。

第四話　ただいま

―古漬けごはん、焼ぼたんそして鬼子蔵汁―

箱罠《はこわな》の中には、小ぶりな猪がいた。

昨晩降り積もった雪はまだ真新しく、遅い朝日にきらきらと輝いている。茜《あかね》はふぅ、と息を一つ吐いて、用意しておいた電気止め刺し機を軽トラの荷台から取り出した。インバータとバッテリーを繋ぎ合わせ、スイッチを入れてジャケットのポケットに入れる。それから、止め刺し用の槍を繋げると、もう一つ息を吐いた。吐いた息は白い煙となって、空にのぼっていく。

「だいじけ、茜ちゃん」

背後から聞こえる心配そうな声に、茜はすっと背筋を伸ばした。

「大丈夫だよ。芳造《よしぞう》さん」

ゆっくりと箱罠に近づくと、檻《おり》に閉じ込められた猪は鼻息荒く、檻に突進した。ガシャンと檻は揺れるが、逃がすことはない。鼻先だけが、檻の外まで突き出してくる。

茜はそっと檻にアースクリップをつけてから、両手で槍を握った。そこからは、躊《ちゅう》躇《ちょ》することはなかった。スッと隙間から槍を差し込み、猪に突きつける。

悲鳴が上がる。電気のショックで気絶した猪は、そのまま地面に倒れ込んだ。白い雪がめくれて、泥が跳ね上がる。

（――まだだ）

槍のスイッチを切り、線を取り外す。まだ、気を失わせただけだ。終わりではない。

槍を片付け、代わりに持ったのは一本のナイフだった。柄《え》はやや古びているが、鞘《さや》を外すと、手入れをした刃先が鈍く輝いている。慎重に扉を開き、横たわる猪の首にぐっと、刃先を入れる。

「……っ」

この瞬間は、いつだって緊張する。頭にカッと血がのぼるような――もちろん、そんな風にならないハンターだっているのだろうが。少なくとも、茜にとっては特別な瞬間だ。

処理を終え、くったりとした猪の身体を、床底ごと引っ張り出そうとすると、「だいじだよ」と芳造がそっと肩に手を置いてきた。

振り返ると、はんてんとモンペ姿に長靴を履いた芳造が、深い皺《しわ》を刻んだ顔をにっこりとさせて続けた。

「全部、一人でやるこたねぇべ。若いの何人か呼ぶからよ。血抜きくらい、じいちゃんがやっとくから茜ちゃんはいったん休みな」

「でも」

「うちの畑に出たもんだからなぁ。なんでもかんでも、茜ちゃんに任せっぱなしにはできねぇよ。大丈夫、じいちゃんだって敏行《としゆき》とよく、捕まえた猪解体して食ってたんだ」

「……ありがとう」

血抜きは、肉質のためにも早く行わなければならない。そして解体作業というのは結構な重労働だ。協力した方が、時間も早く済む。芳造の申し出は、かなりありがたかった。

協力して、芳造が持ってきたソリに猪の身体をのせると、二人は一息ついた。これで、解体する場所まで運びやすくなる。

横を見ると、一面に広がっているのは雪で埋もれた畑だ。「昔に比べるとだいぶ小さくなっちまったが」というのは、芳造の口癖のようなものだ。

「おかげで、畑もほとんどやられてねぇみたいだし。ありがたいねぇ」

芳造の言う通り、畑にはいくらかの足跡がついているものの、ほとんど掘り起こされることもなく済んでいる。山から下りてきた猪が、畑について程なく罠にかかったためだろう。

「……うん。よかった」

「どれ」

つぶやくと、芳造は畑の中でしゃがみ込んだ。真っ白な地面は、一見なにが埋まっているか分からない。が、「あったあった」と芳造は人参を掘り当てると、それを茜に差し出した。

「甘くなるのはこれからだけんど、充分うまいから持ってきな。あと何本か掘ってやっけ」

「ありがとう」

雪下《ゆきした》人参は、寒い冬の間、雪の中で熟《じゅく》して甘くなる。「テレビの見よう見まね」と言って芳造が作り始めたのが、一昨年のことだった。

「最近は、自分の家とちょっと露地《ろじ》に置くのくらいしか作ってねぇのになぁ。悪いなぁ、茜ちゃん。こんな寒い中、わざわざ見回りなんか」

「別に。好きでやってるだけ」

トラックの助手席には、ガンケースもあった。もしこの見回りで猪や鹿がかかっていなくても、足跡などを頼りにした忍び猟に移るつもりだった。雪の上に押された足跡を頼りにすることから、判子《はんこ》猟と言う人もいる。

「趣味で鉄砲かついで撃《ぶ》つ女の子になるなんて、敏行も喜んだべ」

「それは……どうかな」

茜の口から、苦笑が漏れる。自分の持つ銃やナイフは、祖父から引き継いだものだ。家も同様で、どちらも今の茜にとっては、生活のよりどころだ。それが祖父が本当に望んだことだったのか、茜には分からない。

「そういやばあちゃんが言ってたけどよぉ、茜ちゃん今、東京から来た子と住んでんけ」

「……もう噂になってるの」

「狭い集落だかんなぁ」

かんらかんらと笑う芳造に、「ほんとにね」と茜は心の中だけでつぶやいた。

鬼頭《きがしら》地区の人口のうち、七割が六十五歳以上の後期高齢者だ。七十代の芳造の言う若いのですら、五十、六十代の住人だろう。そんな中で、那海のような若い移住者はよくも悪くも目立つ。

「龍之介《たつのすけ》くんとこのお嫁さんかと思ったら、茜ちゃんのお嫁さんだったたって。ばあさん連中が笑って話してたよ」

「なにそれ」

「最近、話題になってんべ。えるじーぴー……忘れちまったけど、ほれ。女の子と女の子が結婚するとか、あんだべ」

「ＬＧＢＴね。茶化すような話題じゃないから、それ」

今時、ネット通販を利用したりそうでなくともテレビやラジオだったりの情報で、田舎とされる集落に住む高齢者だって、そういった知識を持っていたりもするが――かといって、地方の閉鎖的な環境というものがすぐに消えてなくなるわけでもない。面白おかしく噂として消費されるというのは、そういうことの一端だ。

「なんでも、そういうことと結び付ければいいってものでもないよ。うちの場合は、ただのルームシェア」

「そうなんけ。じいちゃんよく分かんねぇなぁ」

「分からなくてもいいんだよ、別に。お喋りの種にしなければね」

ありがとうね、と土がついたにんじんを抱えながら、茜は芳造に挨拶をした。

「他の人来るまで少し時間あるだろうから、一度帰るね。朝ごはんまだだし」

「袋用意してくっから、寄ってきな。ばあちゃんももう起きてっから、メシも食ってけばいいよ」

「ありがとう。でも、大丈夫」

落ちそうになったにんじんを抱え直しながら、茜はほんの少し微笑んだ。

「うちでも、朝ごはん用意されてるから」

「茜ちゃんおかえりなさーいっ」

玄関の戸を開けると、ドタドタと足音も騒がしく、同居人である那海が迎えに出てきた。

「ただいま」

「朝ごはんできてますよ！　今朝はおにぎりですっ」

迎えに出た勢いのまま、ガッツポーズなど浮かべて告げてくる那海に、茜は「そう」とだけ頷いた。

那海が猪肉でチャーシュー丼を作ったあの日以来、食事関係は那海に任せている。共同で財布を作り、そこから食費は出している。

那海は車がないため、基本はネットを利用した食品宅配サービスを活用していた。嗜好品《しこうひん》を買いたいときは相談してくる。茜はそこも任せると言っていたが、那海は気が引けるようで律儀《りちぎ》に伺いを立ててくる。

「あれ？　具がなんだか訊かないんですか？　気になりませんか？」

「気にならない」

「あ、それってもしかして信用してくれてるってことですか？」

「そうかもね」

実際、那海の作る料理に外れはなかった。元々運動部でマネージャーをしていた経験があるとかで、一時期は部員の食事管理もしていたらしい。そのためか、那海の作る料理は茜に合った、健康的なものが多かった。

「でも、おにぎりならちょうどいい。車で食べるから、そのままもらっていく」

「え、いいですけど。またどこかに行くんですか？」

「食事取りに戻っただけだから。また、現場に戻る。猪が獲れたのを、今から解体する」

一旦手を洗ってから台所へ向かうと、那海が早々とおにぎりを手提げ袋に詰めていた。手渡されると、ずっしりと重い。中身を覗くと保温性のボトルも入っている。

「これは」

「スープです。晴れてるけど、今日寒いじゃないですか」

那海はつま先で立ちながら、小窓を見つめた。冬場の朝は晴れの日の方が、放射冷却で地上に熱が留まらず冷えるものなのだ。

それをいちいち説明するのも面倒で、茜は「そう」とだけつぶやき、受け取った手提げを手に踵《きびす》を返した。

「じゃあ。帰りの時間は分からないから、昼は用意しなくて大丈夫」

「――っ、あ、あの」

ぐいっとベストの背中を引っ張られ、茜はよろけかけた。少し顔をしかめて振り返れば、半笑いの那海が、自分が持っているのと同じような手提げを軽く持ち上げ、窺うような眼差しを向けてきていた。

「あのぉ……わたしも一緒に行って、いいですか？」

＊

車を芳造の家の前に停めると、茜は一つ息を吐いた。途端、隣に座っている茜がびくりと肩を跳ねさせるのが分かった。

「すみません……やっぱ、ついてこない方がよかったですかね」

「別に。邪魔さえしなければ」

言葉にやや棘《とげ》が含まれてしまったのは、自覚していた。那海も慌てて「もう邪魔しませんから！」と両手を振る。

以前、那海は狩猟についてきた際、茜が鹿を撃とうとしたところで声を上げ、獲物を逃がしてしまった前科がある。ただ、茜はそれを、そこまで気にはしていなかった。初めての猟で、そういった感情が出てしまうというのは、分からないでもない。

ただ、そのときは那海が猟のことをなにも知らずに、茜に取り入ろうとすることだけを目的についてきたのだとあとから分かり――それが、嫌悪感に繋がってしまった。それだって冷静に俯瞰《ふかん》すれば、茜の心の持ちようの問題なのだが。

それ以来、那海は茜を怒らせないように、やけに気を配っている様子が見られる。

（今回は、別に取り入ろうとか、そういう感じはしないけど）

元々東京暮らしで、猟に興味もなかったような那海が、よりによって「解体を見たい」だなんておかしな感じはする。そこを問いただすつもりもなかったが、来たことを後悔するのではという心配はあった。

「……ごはん、食べない方がいいかも」

「え、なんでですか」

茜の助言は遅かったようで、那海は既に袋からおにぎりを取り出して頬張っていた。顔の半分くらいに大きく口を開けてかぶりつくその姿を見ていると、自分が気を回すのもバカバカしくなって、茜もまたおにぎりを取り出した。

拳一つ分くらいあるおにぎりは、全体を一回り大きな海苔《のり》で包み、もう一つ外側をラップで包んであった。

那海ほどでないにしても、いつもより大きめに口を開く。齧ると、海苔の風味とカツオ節の味、それと香ばしいしょっぱさが、ごろりとした食感と一緒に感じられた。

「ん。これ……大根の古漬け？」

「よく分かりましたね！　これ、山菜屋のナツさんに分けてもらったときに教えてもらって。古漬けを塩抜きしたやつを細かく刻んで、ごはんと一緒にごま油で炒めてチャーハンみたいにすると、美味しいんですよー。おかかも入れたら、もっと美味しくなるかなーと思ってやってみました！」

那海は得意げに言って、もう一口自分のおにぎりを齧った。

茜にとって、これは懐かしい味だった。小学生の頃、冬場に祖母が鍋で古漬けを炒《い》ったものを、ごはんと一緒に出してくれた。新鮮な食糧《しょくりょう》が少なくなる時期に考え出された、昔ながらの冬場の料理なのだろう。

「……美味しい」

「ほんとですか⁉　茜ちゃんがそんなふうに言ってくれるの、初めてなんですけどっ」

「そう？」

「そうですよ！　茜ちゃんに美味しいって言わせるの、わたしの密かな目標だったんですから。やったー！　叶《かな》った！」

狭い車内で万歳したせいで、伸ばした腕を思い切り天井にぶつけて「いだっ」と那海が悲鳴を上げる。その横でおにぎりを齧っていると、走ってくる車が見えた。ウィンチや無線機用のアンテナがついた、茜にとって見覚えのある車だ。

「――そろそろ降りる」

「えっ、待って待って」

おにぎりを口に突っ込みながら、那海は慌ててシートベルトを外した。茜もまた、ラップの中身を空にし、車を降りる。

ほとんど同時に、近くに停まった車から、作業服姿の男が降りてきた。やや白髪まじりの頭をなでながら、「よお」と声をかけてくる。

「孝臣《たかおみ》さん」

「猪獲れたんだって？　芳造さんが連絡くれたよ」

作業服男――孝臣は、茜の後ろについてきた那海を見ると、細い目を少し見開いた。その口が開く前に、那海が「はじめまして！」と頭を下げる。

「春風《はるかぜ》と言います。今日は、解体の見学をさせてもらいたくて」

「へぇ。猟やるの？」

「わたしはやらないんですけど、茜ちゃんが獲ってきたお肉をこれからも料理することあると思うんで。だったら一度ちゃんと、こういった場面も見ておきたいなって」

その言葉に、茜は思わず那海を見つめた。

猟についてきたときとは違う、引き締まった表情から、那海の気持ちが伝わってくる。車の中で握り飯を食べていたときとは、まるで別の仮面をはめたかのように違う。

孝臣は「真面目だなぁ」と笑うと、「それじゃあ行くかい」と茜に声をかけた。「はい」と茜は背筋を伸ばす。

「……どういう方なんですか？」

前を歩く孝臣を見ながら、こそこそと那海が耳打ちしてくる。茜はなんと説明すべきか逡巡《しゅんじゅん》し、結局一番簡単な言葉を選んだ。

「この辺の猟友会の支部長さん。鬼頭には、罠と鉄砲合わせても四人しかハンターがいないけどね」

「へぇぇ……それって、少ないんですか」

「鬼頭自体の人が少ないから、仕方がないけど」

へぇ、と那海が目をしばたたかせる。

「それって、つまり茜ちゃんと、孝臣さん含めてだから」

「それからあと二人だな」

話を聞いていたらしい孝臣が、ははっと笑う。

「春風さんも、どうせなら免許取って猟友会入んないかい」

「うーん。まだ、そこまでの覚悟はもててないですかねぇ」

さらっと急な勧誘を受けたわりに、すぐそんな言葉が那海から出てくるというのは、意外だった。茜はちらっと横目で、その表情を窺った。軽口めいた孝臣の言葉に、眉をハの字にしながら懸命に頭を動かしている。そんな顔だ。

「ハンターさんって、ひとの役に立つし、命とも向き合うすごいお仕事だと思うんですけど。これまでやってた仕事とは全然畑違いで。いや、新しいことをやってみたいなっていう気持ちもあって、越して来たんですけど、やっぱりなかなか」

「へぇ。東京ではなにしてたの」

那海は「東京から来た」とはこの場で言っていないはずだが――おそらく、孝臣も噂を聞いたのだろう。茜は少し、眉をしかめた。那海当人は、のんきな口調で「看護師です」と答えている。

「でも向いてなくて。仕事自体は楽しかったんですけどね。だから、こっちで新しいお仕事探さなきゃとは思ってて――」

那海が看護師だったということも、そんなことを考えていたというのも初耳だったが。あまりまた噂の種を那海自ら蒔《ま》く前に、茜はそれを遮った。

「ハンターは、春風さんが思ってるような仕事ではないよ」

「え？」

きょとんとする同居人に、茜は淡々と続ける。

「狩猟は基本、十一月から二月までが猟期と定められていて、その間に獲物を獲ったからと言って、直接お金と結びつくのはむしろ稀《まれ》だし」

「え、そうなんですか」

「この辺りは、有害鳥獣駆除《ゆうがいちょうじゅうくじょ》の報酬が出るけど。そういう地域ばかりじゃない」

「へぇ……」

那海は驚いた顔で、孝臣を見た。

「猟友会からお給料が出るわけじゃないんですか」

「ははっ。役員になれば手当てが出たりとかは、あるけどねぇ。会員だからって給料が出るっていうわけじゃないよ」

「じゃあ、冬に雪山に入って、何時間もかけて鹿や猪を獲るのって……」

「社会貢献だよ。ボランティア。もしくは趣味かな」

答える孝臣は楽しそうだ。若者相手にこんな話をする機会なんて、なかなかない。それも、那海がいちいち目を丸くしながら相槌を打っているため、なおさら話しがいがあるのだろう。

「テレビとかで、よく熊や猪が出たときに猟友会の人が呼ばれてたりするじゃないですか。あれも、別にお金もらってるんじゃないんですか？」

「あれは県や市から依頼された、有害鳥獣駆除かな。茜ちゃんが説明したやつだ。一頭につきいくらもらえるって自治体ごとに決まっててね。一応、狩猟とは別枠かな。実績がないと登録できないし、冬以外でも活動はできる。でも、仕事にするにはスズメの涙ってやつで、よっぽど数こなさなきゃだなぁ」

「そうなんだぁ……」

那海は腕を組み、「うーん」と唸《うな》っている。先程の反応といい、一度仕事としてのハンターをかなり真剣に考えていたのかもしれない。

「――お、いたいた」

前を歩いていた孝臣が、大きく手を振る。

「芳造さん。来たぞ」

庭の縁側に、芳造が茶を飲みながら座っていた。手を挙げて、「おう」と答える。

「準備はできてるけぇ、よろしくたのむな」

「芳造さんが血抜きしたんなら、肉もうまいでしょ。お裾分《すそわ》けいただきますから」

猪は、解体台の上にすでに載せられていた。解体台は昔、茜の祖父である敏行と二人で手作りしたものらしい。Vの字になった台の上に、内臓の抜き取られた猪が横たわっている。

近くには芳造の息子がおり、携帯用のガスコンロで湯を沸かしていた。「血抜き、お世話になりました」と声をかけると、「いや、親父がほとんどやったから」と笑った。

「すみません、お邪魔します」

そう、那海が芳造に声をかける。芳造は早朝の話しを思い出してかすぐに「あぁ」と頷き、「わざわざ来ていただいて」と那海に頭を下げた。

「茜ちゃんと、仲良くしてくださってるようで」

「いやいや！　わたしこそよくしていただいてて。今日も貴重な機会を見学させてもらいたくて、お願いして連れてきてもらっちゃってー」

そのまま世間話に突入してしまいそうな那海の肩を、トンと叩く。きょとんと振り返る同居人に、茜はぼそぼそと告げた。

「見たくなったら、離れていいから」

茜は解体台の前に移動すると、道具を詰め込んだ鞄《かばん》からナイフを一本取り出した。一拍置いて、それを猪の足首に刺す。

解体には順序がある。速やかに血抜きをしたら一旦きれいに洗う。血や泥、ダニなどの汚染をできるかぎり防ぐためだ。内臓を取り出すと、猪の重さはだいたい三分の一から半分程度に減る。そして次に行うべきは皮剥《は》ぎだ。

茜は切れ込みを入れた部分から、孝臣らに手伝ってもらいつつ皮を剥いでいく。肉を切り分ける作業よりも、ここが一番グロテスクかもしれない。

（春風さん……まだ見てるかな）

放血《ほうけつ》され、内臓もきれいにさらわれた状態のため血まみれになるということもないが、日常生活のなかではなかなか目にすることのない場面だ。確認する余裕もなく、ただ目の前の自分が獲った獲物と向き合う。

途中、脂でナイフの切れ味が落ちると、芳造の息子が用意しておいてくれた湯にナイフをつけて脂を落とし、また刃を入れる。地味で、時間のかかる作業。一人でやればこれだけで二、三時間かかってしまうが、今朝は自分と孝臣、そして芳造の息子の三人がかりなため、だいぶスムーズだ。

「よし。んじゃ、肉の方も分けてくか」

ようやく丸裸にしたところで、孝臣がナイフを持ち替えた。茜もまた、刃が薄めのものから、祖父から譲《ゆず》り受けたナイフへと持ち帰る。

ふと、その際に少し離れた場所からじっとこちらを見つめ続ける那海に気がついた。目を逸らす様子はない。少し意外な感じがしていると、那海の隣にいた芳造が「お友達もやってみるかい」と声をかけた。

「え、いいんですか？」

「もうあそこまで来たら、包丁でもいけんべ。今、持ってきてやっから」

「わー、ありがとうございます！」

それが本心からの礼なのかは分からないが、包丁を借り受けた那海はそそくさと茜の隣にまでやって来た。

「あの、なにしたらいいですか？」

「……今、後ろ足を切り分けてるから」

「じゃあ春風さんは、茜ちゃんのやってるのと反対側の足をやってみっか」

孝臣が、面白がるように提案すると、茜がなにか言うより早く那海が「はい！」と頷いた。

（……大丈夫かな）

すでに、生きているときの姿からだいぶ遠ざかったとは言え、スーパーでパックになった肉しか見たことのない人間には、なかなかショッキングな作業だ。だが、那海が「やる」と答えた以上、茜がそれをどうこう言うこともできない。

（集中、集中）

ナイフは危険な刃物だ。扱いを間違えれば、自分の指や、周囲の人間に怪我をさせてしまう。那海には世話好きな孝臣が指導について、話しをしているのが聞こえる。それを、意識から遮断する。

付け根に切り込みを入れ、肉を分割していく。冬場の猪の身体には脂がたっぷりとのっている。茜は肉全般の脂身が苦手だが、この脂が美味いと重宝される。皮剥ぎと同様、ナイフについた脂をときおり落としながら切り、場所によっては手でむしる。

作業に一区切りがついたところで那海を見ると、思っていたよりも手際よく作業を続けていた。孝臣も離れ、すでに作業を任せているようだ。目が合うと、「重労働ですね」と笑いかけてきた。

最終的に四人で作業したためか、昼前には余裕をもって作業を終えることになった。庭の簡易テーブルの上に置かれた、枝肉《えだにく》をビニール袋へ部位ごとに分けたものを、那海はまじまじと見つめていた。それに、「お疲れ様」と茜がコップを差し出す。

「わ、ありがとうございますー！」

「芳造さんの奥さんが用意してくれただけ」

縁側に腰掛けると、那海もそれに倣《なら》い隣に座ってきた。太陽が高く昇ってきて、早朝に比べればだいぶ暖かい。

「茜ちゃん、今日はありがとうございました」

そう、にっこり笑う那海に、茜は「別に」と首を振る。

「むしろ、手伝ってもらったし。助かった」

「え、わたし役に立ってました？　よかったー」

「はじめてで、よくあんなに動けるなって」

茜が解体作業を初めて見たのは、小学生の頃だ。祖父が一人で鹿を捌《さば》くところだった。しっかり見ようと決めていたのに、途中怖くて何度も目を逸らしてしまった覚えがある。悔しかった。その日は、夕食が上手く飲み込めなかった。

「職業柄、わりと血とかそういうのは見慣れててー。むしろ、ちゃんと動物の姿をしていたものが、だんだんと馴染みのあるお肉になっていくっていうのが、なんというか、すごく不思議な感じで。感覚がバグるっていうか」

那海が視線を向けた先は、枝肉の袋だった。そこにあるもののほとんどは、店でパック詰めにされているブロック肉と大差ない。

「スーパーで買うお肉だって、元は生きた動物だったのが、今日みたいな過程をたどってパックに詰められてるんだよなーって。なんか、逆に考えちゃって。だとしたら、店で買う肉も、こうして獲った肉も、大差ないなぁって」

「……そう」

似たようなことは、茜も考えたことがあった。スーパーで大量に並んだパックの列を見るのが、一時期苦手ですらあった。

「やっぱり、茜ちゃんはすごいです」

那海が茶を飲み干す。目は庭に向けられているが、どこを見ているのかはよく分からない。

「わたしずっと、狩猟ってお仕事でしてるんだと思ってた。だって、すごく大変じゃないですか。毎回生きてるものと向き合って、こんな重労働で。しかもそのために準備したり歩き回ったりしても、必ず成果があるわけじゃなくて。でも茜ちゃんは狩猟するための免許を取ってから、ずっと芳造さんや周りで畑やってる人の土地を中心に、見回りしてるって」

たぶん、そんな話をしたのは孝臣だろう。お喋りが好きなのは構わないが、他人のことをべらべら話すのはやめてほしい。茜は眉間に力が入ってしまうのを意識しつつ、「別に」と自分の茶を煽った。

「ほれ、焼けたぞ」

そう、家の奥からやって来たのは芳造と孝臣だった。

孝臣が手に持っているのは、捌《さば》いたばかりの猪肉の一部だった。ロース肉を薄目にスライスし、香ばしく焼いており、ただの焼肉のように見える。脂身がたっぷりとのっていて、上には細かくみじん切りしたたっぷりのネギと、ポン酢がかかっている。

「焼ぼたんだ。早めにしっかり血抜きされてっから、臭みもなくて美味いぞ」

「へぇ……いただきます！」

割り箸を受け取って、那海が躊躇なく箸を伸ばす。と一旦、その手を引っ込めた。代わりに、そっと手を合わす。

「いただきます」

厳かな口調でつぶやく。真剣そのものの眼差しに、茜はつい見入ってしまう――が、すぐさままた那海の箸が飛び出すように肉をつかんだ。

大きく薄くスライスされた肉にねぎを挟んで口に運び、「んーっ！」とバンバン自分の膝を叩き出す。

「うまっ！　めっちゃ美味しいですねこれっ」

「うまいべ。この時期の猪は脂がのってっかんな。この脂がうめぇんだ。鍋にしてもいいしな」

「うわっ、ぼたん鍋ってやつですね。なんで猪肉って、ぼたんって言うんでしょうね」

「色が、牡丹《ぼたん》の花に似た紅色だから。昔は、山鯨《やまくじら》とも言ったみたいだけど」

「茜ちゃんもの知り！　なるほど、お肉、確かにきれいな色ですもんね」

美味しい美味しいと騒ぎながら食べる那海を、芳造も孝臣もニコニコと嬉しそうに見ている。これだけ喜んで食べてもらえれば、それは嬉しいだろう。

「いやぁ、都会から来た人はこういうの好きなんだな」

「え？　みなさんは食べないんですか？」

「いやー。猪より牛食った方がうまかんべな」

「なんでですかっ？　ほんと美味しいですよこれっ」

野生で獲れた肉の美味さは、その処理――特に血抜きによって変わってくる。自家消費のために専門家でない猟師が処理した場合、独特の臭みが出てしまうことも多く、田舎に住んでいたとしても好んで食べる者は意外に少ない。

そんな本音半分とからかい半分とが混ざった芳造の言葉に、那海は「美味しいのに」と文句を言いつつ遠慮なくバクバク食べていた。

「茜ちゃんは食べませんか？　脂身取りますよ」

「……じゃあ、一枚もらう」

自分で捕まえ、命をもらった肉だ。肉を持ちかえれば、那海がなにかしら料理し食べることになるだろうが、まずは一口いただくことにした。

「うん。美味しい」

「このまえ、煮るときは灰汁をしっかり取った方が臭みがなくなっていいって教わったんですけど。焼くときって、どうしたらいいんですか？」

「焼くときは、よく水に晒してからのがいいかな。臭みってのは、結局血のせいだからよ」

興味津々な那海と、それを面白がる孝臣との会話を聞いていると、「茜ちゃん」と柔らかな声が上から聞こえた。芳造の妻が、湯気の立つ汁椀《しるわん》を盆に載せて持ってきていた。笑いじわの深い目元をにっこりとさせて、盆を床に置く。

「あったまるから、これでも食べて」

そう、差し出されたのはたっぷりと野菜の入った汁だった。

「わ、おいしそう。おもちも入ってる」

「お昼まででしょう。鬼子蔵汁《きしぞうじる》っていうの」

鬼子蔵汁には、豚の薄切り肉とおもち、それから大根ににんじん、ごぼう、ねぎ、さといもなど、たくさんの野菜がごろりと入っている。猪肉にのっているねぎもだが、どれも芳造の家で作っているものだろう。スープに口をつけると、醤油としいたけ、それから出汁の味が、身体に染みわたる。

「……あったかい」

芳造の妻を見上げると、笑みを深くした。懐かしい、安心する美味しさ。それを噛み締めながら、茜は具に入ったにんじんをはふっと噛み締めた。


「ごちそうさまでした！」

見送りに出てきた芳造らに、那海がパタパタと手を振る。もう一方の手には、分けてもらった枝肉が入ったビニール袋を持っている。茜の手にも、「せっかくだから」と持たされた惣菜《そうざい》の詰まったパックがあった。

ぺこりと頭を下げると、「茜ちゃん」と芳造が声を張り上げる。

「見回り関係なく、いつでも顔見せに来てな。茜ちゃんは、じいちゃんたちにとっちゃ、孫みてぇなもんだから」

「——うん。ありがとう」

まだ幼い頃、祖父と遊びに来たときよりも腰が曲がり、皺も増えた芳造は、あの頃と変わらない笑顔で見送ってくれる。

茜も小さく手を振って、軽トラに乗り込んだ。

車が動き出すと、那海が窓の外にまだ手を振りつつ、のんびりとした口調で「みなさんいい人たちですねー」とつぶやいた。

「話していて、親戚のおじちゃんやおじいちゃんといるみたいな気分になってくるっていうか」

「それは、春風さんが特殊だとは思うけど」

少なくとも、茜にとって孝臣は、もう少し気を遣う相手ではある。

「でも、芳造さんや奥さん、茜ちゃんのこと、すごく気にかけてるなーって伝わってきましたよ」

「……まぁ、そこは確かに、親戚みたいな感覚はあるかもね。付き合いが長いから。本当の家族より、家族って感じかも」

「へ……え」

茜にとっては自然な気持ちだったが、那海の相槌は微妙だった。赤信号でちらっと視線だけ向けると、そわそわしている様子なのがよく分かる。聞きたいような、でも聞いたら怒られるし――そんな思いが顔に出ていて、とても分かりやすい。

(そういえば前に、身内と揉めたみたいなこと言っちゃったんだっけ)

それは確かに聞きづらいし、気にもなるだろう。気づかなかったふりをしようかとも考えたが、一度はその「揉めごと」のせいで八つ当たりに似たことをしてしまったのを思うと、少しくらい話しておくのも誠意というものだろうか。

（ま、いいか）

別段、話したからといってどうということでもない。

「――私、ここの生まれじゃないんだ」

「あ……それは、そうかなーと思ってました。茜ちゃん、なんていうか訛《なま》りがないし」

那海が、こくこくと頷く。車が動き出してその表情は見えないが、じっとこちらを見つめてくる視線は感じた。

「小学生の頃……家庭の事情でこっちに住んでた、父方の祖父母に預けられて。祖父がさっきの芳造さんと昔からの友達だったから、その関係で私もよくお世話になった感じ」

「あー、なるほど」

今度の相槌の声は、すっきりとしていた。いろいろ、納得がいったのだろう。

「じゃあ、今の家は茜ちゃんの、おじいさんとおばあさんのおうちなんですね。手すりとかついているから、お年寄りが住んでいたのかなとは思っていたんですけど」

「祖父が一昨年、施設に移ることになって。祖母はもう亡くなっていたから、あの家が空になるし取り壊そうかって」

そう言ったのは父だった。その頃、茜は別の市で一人暮らしをしていて、単なる報告として送られてきたそのメッセージに猛反対した。

父は父で一人暮らしをしていたが、仕事の関係上に加え性格的にも祖父の見舞いになんていかないだろうから、茜がここに拠点を移し、祖父の手助けもするのがいいだろうと半ば強引に移り住んだ。

「じゃあ、年末年始はおじいちゃん、帰ってくるんですか？」

那海の言葉に、一瞬「気を遣ってるのかな」と思う――が、すぐにその声が弾んでいることに気がついた。

「春風さんは、年末年始はどう過ごすの？　ご家族とか」

「え？　あー、妹のとこ行くかなー……いや、でも彼氏と過ごすなら邪魔になっちゃうし……あ！　もしかしてここにいるのも邪魔ですかね!?　それなら、取り敢えず東京戻って漫画喫茶とかに連泊しますけどっ」

「そんなことはしなくていいけど」

実家には帰らないの、と言いかけて止めた。それは自分にも言えることで、どう考えてもやぶ蛇だし、家庭事情はそれぞれだ。

「おじいちゃんも、昨年亡くなったから。だから、うちに誰か来るとかはないから、気にしないでいい」

「……そう、なんですか」

那海は話の内容を飲み込むように、「そっかそっか」と何度か一人で頷き、やがて静かになった。ちょっとホッとして、茜はハンドルを握る手に力を込め直した。

が、その静かさというものはたいしてもたなかった。那海がすぐさま「あ！」と声を上げ、がばりとこちらを向いたのが分かった。

「そういえば！　わたし今月の家賃まだ払ってなかったです」

「それ、今する話？」

「いやだって、思い出したときにしないとまた忘れちゃうと思って」

危ない危ないと、那海が財布を取り出す。

「茜ちゃん、仕事で猟してるわけじゃないんでしょう？　だとしたら、わたしがお金ちゃんと払わないと、茜ちゃんの収入が」

「別に、不労所得だけで生活してるわけじゃないから。別に仕事はしてる」

「え、なにしてるんですか？　毎日鉄砲担いで出かけてますけど」

「……確かにややこしかったかもしれないけど。射撃場《しゃげきじょう》で働かせてもらってる。山を降りたところだから、片道一時間くらいはかかるけど」

「へぇ……射撃場」

全く分かっていないのが、おうむ返しの口調から伝わってきて、茜は説明を加えた。

「スポーツ射撃をする場所。オリンピックとかの種目にもなってる」

「あ……あー！　なんか、テレビで観たことあります」

「練習のために、勤務時間外に撃ったりできるよう銃は持ってってる。本格的に撃つようになって、ようやく一年くらいだし」

祖父が銃を手放さなければならないとなったとき、茜は自分が銃の所持許可を得ることで、手元に置いておきたかった。小さい頃から祖父の姿は見てきたし、その影響で罠猟の免許は持っていたため、銃を持つ心理的なハードルがさほど高くなかったのもある。

許可を得るには、時間も金も手間もかかったが、それでも長年見て来た祖父の銃がなくなってしまうよりはマシだった。それは祖父とのためというよりは、もっと純粋に自分のためだった。

「茜ちゃんは努力家だなぁ」

ちゃかすでもなく、那海がしみじみとした口調で言ってきた。そんなんじゃない、と反論しかけ、ムキになることじゃないと思い直す。

「それより、春風さんはどうするの」

「え、わたし？」

「本当に、ハンターになろうと思っていたの？　家賃にしたって、仕事しないと払い続けるには厳しいでしょう」

もっとも、家賃は最初の契約よりも低くしようと考えていた。食事の用意をしてもらっている分、手間賃と考えれば当然だと茜は思うが、那海がどう反応するかは読めない。

「うーん、ちょこっとなら貯金もあるから、そこまで焦ってはなかったんですけど。東京に比べて、こっちはある程度物価も安いですし」

「看護師だったんでしょ？　また、病院で働かないの。ここだと、診療所が週に何度か開くくらいだけど。街まで降りれば」

「前に倒れたって言ったの覚えてます？　あれ、仕事で無理しちゃってで……なんで、妹を心配させないためにも、もう少し緩めに生活できる仕事がいいのかなぁって」

倒れた、と言っていたのは覚えていたが、仕事で無理をして——と、いうのは初耳だった。だが、患者や仲間のためにバタバタ走り回り、疲労で倒れる那海の姿は簡単に想像ができる。

「……とはいえ。田舎は求人少ないからね」

「車もないですし、できたら歩いて行ける場所がいいかなーと。電車使って街まで行ってもいいんですけど……一日あたりの電車の本数考えたら、それもなぁ」

うーん、と那海が頭を捻らせている間に、車は家へと辿り着いた。

（……そう言えば、春風さんはいつまでここにいるつもりだろう）

話しぶりからすると、数か月などの短い期間のつもりではないようだが。例えば一年後、同じようにこうしているのだろうか。

「わー、帰って来たー」

大きく伸びをする那海の声にハッとして、茜はつけっぱなしだったシートベルトを外した。

考えたって仕方がない。家族でもない他人の先など、茜が預かり知るところではないし、知ったからといってコントロールできるわけでもない。

(血のつながった家族だって、バラバラになるものなのに)

銃を降ろしていると、先に降りた那海が合鍵を使って、ガチャガチャと玄関を開け始めた。そしてパタパタと、肉や惣菜を車から運び出す。

「これ、どう料理しようかなぁ。茜ちゃん、揚げ物苦手ですか?」

「……進んで食べるわけじゃないけど、食べられないわけじゃないし、嫌いじゃない」

「んー。そっかそっかー。いろいろ調べて考えよー」

いかにも楽し気なため、「無理しなくていい」という言葉は飲み込んでおく。これまで猟で獲物を獲った後に、あまり考えたことはなかったが——茜もまた、どんな料理を那海がしてくるのか、わくわくしているのを自覚した。

「あ、茜ちゃん。待って待って」

玄関を上がろうとすると、両手に袋を持った那海が、後ろから駆けこんできた。

訝し気に見ていると、くるりと振り返り、にかっと笑いかけてくる。

「茜ちゃん、おかえりなさい！」

そう、両手を差し出され、茜はしばらく固まった。

「……どういう遊び？」

「えー。いや最近、茜ちゃんよく『ただいま』って言ってくれるようになったでしょ？なんかそれが嬉しいから、言ってもらえるときは言ってもらおうと思って」

「……そうだっけ」

一人で暮らしていたときは——いや、短い期間ではあるが父と二人暮らしだったときも、もっと言えばそれより前の、まだ幼い頃も。茜は「ただいま」だなんて言ったことがなかった。そもそも、そんなことを考えたこともなかった。

祖父母に預けられていた、ここで過ごした数年間。その間だけは違った——「お帰り」と出迎えてくれる声があることが、「ここが自分の居場所なんだ」と教えてくれた。自然と、「ただいま」という言葉が出るようになっていた。

にこにこと、お菓子を期待する子どものような目で、那海がこちらを見ている。なんだか照れくさくて、茜はぷいっとそれから視線を逸らした。足を一歩、前に踏み出す。

「——ただいま」

古い廊下が、キュッと鳴った。

間の話　おかえりなさいと土鍋

色とりどりの薬莢《やっきょう》が、茶色い地面に転がっている。先程、グループで射撃練習に来ていた客たちの落としていったものだ。それを熊手《くまで》で掻《か》き集めてから、茜《あかね》はぐっと背筋を伸ばした。冬の冷たい空気で、肺が膨らむ。

鬼頭《きがしら》地区から車で山を降りて、一時間程度。田畑が広がる中に、茜が勤める射撃場はあった。

平らな敷地内に、トラップ射撃場が二か所と、スキート射撃場が一か所。茜が片づけをしているのは、そのうちのトラップ射撃場だった。

ここで茜が任される仕事はいろいろあれど、射撃をしにきた客に対してメインで行うのは清掃と、クレーと呼ばれる飛ぶ標的の射出《しゃしゅつ》だ。

濃いオレンジ色の円盤を、射座《しゃざ》に立った撃ち手の合図で飛ばす。青く澄んだ空の下で、オレンジが綺麗《きれい》に八方へ割れる様を見るのは、撃ち手が自分でなくともなんだかわくわくする。

「――だからおまえは駄目なんだよ」

不意に聞こえた声にぎくりと身を強張らせる。それはほとんど反射だった。

声が聞こえた方に目をやると、ガンケースを担いだ客が二人帰るところだった。背中しか見えないが、一人は前からよく見かける高齢の男客で、もう一人は若い男だ。

「撃つときに、銃口を止めちゃ駄目なんだ。動き続けている的に当ててんだから、振りぬきながら撃たないと。こう、追い越しざまに」

「父さんが言うことは分かるけど……それが難しいんだよなぁ」

身振りを交えながら話す高齢男性に、若い男がため息交じりに応える。おそらく、最近始めたばかりの初心者なんだろう。それを、父親がコーチしていたのか。

(仲がいい親子)

ふっと息を吐いて、緊張した身体を解《ほぐ》す。集めた薬莢はちり取りに入れて、回収用のボックスに捨てる。

(親子で同じ趣味をやるって……どういう感じなんだろう)

茜の父は、趣味などない人だった。趣味どころか家庭もどうでもよさそうで、子どもの茜から見ても仕事が全てのように見えた。

だったら結婚しなければよかったのに――しかも、二度も。

茜は父親と先妻《せんさい》の間の子で、ようは連れ子再婚だ。再婚相手は、父の職場で働く後輩だったらしい。茜が実母を亡くしてから三年後、つまり茜が四歳のときのことだった。

一年後には弟もできた。つまりきっと、茜のイメージほどには父親だって仕事一筋マシーンではなかったということなのだろう。ただ、家庭を省みる気持ちも力もない人だっただけで。

――そんな家庭で新しく「母」となった女が、無愛想な義娘より実の息子を可愛がるのも、無理はない。


「茜ちゃん、おいで。ママと、手を繋ごう」

そう言ってくれたあの手を、素直にとればよかったんだろうか。

「茜ちゃん。ママの大事な化粧品でなんで遊ぶの」

可愛い顔をマネしたかったからと、口に出して言えばよかったのだろうか。

「茜ちゃんっ！　そんな汚い石、赤ちゃんに持たせないで。食べちゃったらどうするのッ⁉」

公園で見つけたきらきら光る宝物を、ふちゃふちゃと可愛い弟に分けてあげようと思ったのだと。そう、話せていたなら。

「――――もうやだこの子……ちっとも可愛くないんだもの……」

あんな辛そうな声で悲しい言葉を言わせないで、済んだのだろうか。

「どうしておまえはそうやって昔から、母さんを困らせる。どうして黙っているんだ。言いたいことがあるなら、口に出して言いなさい」

真っ暗な部屋。腫れた頬。口の中に広がる血の味。冷え切った食事。

同じくらい冷えた目で、父親がこちらを見下ろす。

「だから、おまえは駄目なんだ」

＊

軽トラを走らせ家に帰ると、珍しく灯りがついていなかった。

（どうしたんだろ……こんな時間に留守なんて）

いつもなら、車を停める音だけで那海《なみ》がドタドタと走ってきて、やけにニコニコとしながら「おかえりなさいっ」と出迎えてくる。

しかし今日は家中しんと静まり帰っていて、真っ暗だ。玄関を開けると空気が冷え切っていて、茜は小さく身体を震わせた。

「……ただいま」

ぼそりとつぶやく。返事はなく、ただ空気の冷たさが増した気がして、茜はぐっと両手を握った。わざとダンダンッと足音を立てて廊下に上がり、パチリと電気をつける。オレンジ色に輝く電球を見て、ほんのわずかに身体から力が抜ける。

(怖がるようなことじゃない。もともとは、こうやって暮らしてたんだから)

そう自分に言い聞かせて、わざと足音を立てながら動き回る。

自分の部屋に荷物を置いて、銃はガンロッカーへ。それからお風呂場にまたドタドタ移ると、湯舟と床を雑に擦って洗い流し、湯をためる。

それから台所へ行って――。

「……暗い」

思わずぽそりとつぶやいてしまうくらいに。無人の台所は、暗くて冷たかった。電気を点けても、その薄暗さがなんだか拭えないままうろうろし、ストーブをつける。

(春風《はるかぜ》さん……どこに行ったんだろう)

スマホには、特に連絡は入っていなかった。念のため、台所のテーブルの上を探しても、メモらしきものは見当たらない。

車を持たない那海が、こんな時間までどうやって、どこへ。

(警察に連絡……? いや、暗いとはいってもまだ七時前だし……さすがに大げさ……でも)

那海はまだ、この土地に来て――茜の家に来て、一か月も経っていない。

土地勘もないまま、もし迷っていたら……なにか事故や事件に巻き込まれていたら。

――もう、帰ってこなかったら。

冷えすぎた指先が、ストーブにあてててもちりちりと痛い。

同居人なんて、いらないはずだった。一人だってやっていける。

それでもネットに広告を出したのは、本当は一緒に住もうと言っていた友人だ。

「アカネはさ。けっこう、寂しがり屋だから――」

そんなわけない。そんなわけないと思っていたのだけれど。

がちゃがちゃと音がして、ハッと顔を上げる。

すぐにドタドタとした足音が響いてきて、「ただいまぁ」と気の抜けた声が続いた。

「遅くなりましたー！　いやぁ、街まで行ったはいいけれど、乗る予定だった電車に乗り遅れちゃうし、その後も次のが来るまで何十分も寒いホームで待たないとだし、駅からここまでも歩くと思ったより遠くて――」

そう捲《まく》し立てながら、那海が台所に入ってきて「わー、ストーブあったかー」と歓声を上げる。手には、かなり大きな袋を持っていた。

「……なに買ってきたの？」

「あ、これですか？　実はですねー……じゃじゃーん！」

そう、まるで宝物でも見せるように大げさな身振りを交えながら那海が取り出したのは、箱だった。表に、土鍋が印刷されている。

「……お鍋」

「そう！　今日はどうしてもお鍋が食べたくなっちゃってですねー。ほら、先日分けてもらった猪肉でやったらどうかなーって。でもこの家、土鍋ないし、ネット注文じゃ届くのに早くても二、三日かかっちゃうから、買いにいってきたんですー」

すぐ作っちゃいますねー、と声を弾ませながらさっそく土鍋を抱える那海に、思わず茜は「ふっ」と吹き出した。

「あれ？　どうかしました、茜ちゃん」

「……なんでもない」

きょとんとする那海に、茜はそう首を振り――それからちょっとだけ思い直して、言葉を続けた。

「その……おかえりなさい」

いつも言ってもらってる、その言葉を。

育った家では、いつしか交わしもしなくなったその挨拶を。

屈託《くったく》ない笑顔で受け止めて、那海が応える。

「ただいま、茜ちゃん！」

第五話　白い景色

―巻猫―

首筋を撫でていく冷たい空気に、那海《なみ》はぶるりと身体を震わせた。

冬の山。以前、茜と歩いた山とそう離れていない場所のはずだったが、半月ほど経った今、山は以前より深く雪に覆われていた。足の裏から尻にかけて、芯から冷えていく感覚がある。

「大丈夫？」

声量を落として、目の前の茜《あかね》が訊ねてくる。その耳にはイヤホンが取り付けられていた。オレンジ色の帽子を被り、厚手の防寒具とオレンジ色のベスト。そして手に、銃身が黒く長い散弾銃。

「はいっ、大丈夫、です」

那海は頷いて、口を引き結んだ。ポケットにしまってあるカイロを、尻と小さな折り畳みイスの間に挟み込みながら。今日が生理じゃなくてよかった、と思う。

ともあれ、今は猟の真っ最中だ。前回のような失敗はしたくなくて、那海は意識して口をつぐんでいた。

「まだ、そこまで緊張しなくていいから」

「そう、ですか？」

「うん。獲物が近くに来たら、無線で連絡あると思うし。それに犬の声も聞こえるよ」

今日、山にいるのは那海と茜だけではなかった。勢子《せこ》という、犬をけしかけて獲物を追い立てる係と、それを待ち受けて撃つ待子《まちこ》。そういった役割分担とチームプレーをするのが、巻猟《まきりょう》。複数人数で行う猟のことらしい。

そんな巻猟に那海が「見学」として参加しているのは、孝臣《たかおみ》に誘われたからだった。

先日の解体で気に入ってもらえたのか、それとも若手を引き込むための手段なのか。

なんにせよ、普段なかなか見られないものを見せてもらえるというのは、那海にとってても楽しいことだ。

「巻猟って、むかーしからあるんですよね。この近くでも、昔あの源頼朝《みなもとのよりとも》が、十万人規模の巻き狩りをしたとか……今でも、それがお祭りとして残っているんですね」

「あなたって……なんていうかそういうの、いちいちちゃんと調べるよね」

茜が、ぽつりとこぼすようにつぶやく。そうかな、と那海は少しだけ笑った。

「調べるのとか、嫌いじゃないというか、知らないままだと落ち着かないっていうか……。あ、アレかな。部活でマネージャーやってた頃、相手チームについて調べるとか、トレーニング方法や食事管理について勉強するとか、けっこう好きだったから」

その名残り？　みたいな。そう言うと、茜は「ふぅん」と相槌を打って来る。

「運動部のマネージャー、だったんだっけ。なにやってたの」

「バスケ。そんな、強豪校ってほどじゃなかったから、みんなからはそんな頑張らなくていいのにって言われてたけど」

思い出して、笑う。そう言いながらも選手のみんなは付き合ってくれて、食事内容なんかもグループチャットで報告してくれていた。思えば、空回りしていた那海に合わせてくれていたんだろう。無理させていたのかもしれない、と思うと申し訳ない。

「……そんなにいろいろ頑張ってたなら、自分が選手とか、やりたくなかったの？」

「え？　まぁ、一時期はやってたんですけどね。ちょっとケガしちゃったりもして。でもマネージャー業務も楽しかったから、そういうサポートとかの方が向いてるタイプなのかもしんないです」

あはは、と笑っていると、遠くから犬の吠《ほ》え声が微かに聞こえてきた。

「――来たかも」

つぶやき、茜が口を閉じる。那海もまた、ぎゅっと唇を結んだ。今日は、なにがあっても邪魔はしない。その覚悟を持ってきた。

イヤホンが繋がっている無線機で、茜が二、三言通信をする。なにを言っているのかは、よく聞き取れなかった。白く覆われた斜面を見上げる。また、犬の声。

そこからまた、じっと待つ。前回は歩き回っていたが、今回はただじっとしている以外にできることはない。どちらの方がいいのか、那海にはよく分からない。

やがて、目をこらすのにも疲れて、身体がかちこちに固まって来たような気がしてきた。もうすぐ来る、もうすぐ来ると思って、どれくらいの時間が経ったのか。目の前の茜は、まだ警戒態勢を解いていない。

(すごい集中力)

そして、純粋なタフさ。那海は辛くなってきた身体を、ぐっと伸ばした。音はできるだけ立てない。寒いと血行が悪くなるせいか、少し膝が痛いような気がした。

(……ん？)

犬の声が近くなってきたような――そのときだった。

白い雪原を、ぴょんぴょんと一つの影が駆け降りて来た。跳ねるような動き――鹿だ。斜面をぐんぐん下って来る。

(すごい――)

距離としては、前回の方が近かったような気がする。だが、ここまで躍動感がある姿を、じっくりと見るのは初めてで、なんだか感激してしまった。

生きて、走って、跳ねていて。ここは野生動物の住処《すみか》なんだなと、実感する。

目の前の茜が銃を構える。左手はやや伸ばして銃身を支え、右腕は折り曲げ肘を張り、顔は真っ直ぐのまま頬をぐっと銃に押しつけ獲物を狙う。その姿もまた、美しいなと――不思議と、そう感じた。

――ダンッ！　と、強い音。

(撃った)

思わず、目を瞠《みは》る。が、鹿は倒れることなく、そのまま駆け続けた。次いで、もう一発。鹿の足元の雪が跳ねた――気がする。よく分からない。鹿はそのまま、身軽な動きで下へと向かって行ってしまった。

「――っ」

銃を降ろした茜が、強い息を漏らす。そのままくたりと背中を丸めて、カチっと銃を折り曲げた。ぴょこんと、空の薬莢が飛び出てくるのを、両手で器用にキャッチしている。

「……茜、ちゃん？」

「……当たらなかった」

背中を丸めたまま、ぼそりと茜がつぶやく。那海はしばらくそれを見つめ――。

「……もしかして、悔しいんですか？」

「悔しいよ、それは」

そう、茜がぐるりとこっちを向いた。それからハッとして、こほんと咳払《せき》いなどしてみせる。

「まぁ……でも。そういうものだから、仕方ない、けど」

けど、悔しい。

それはそうだろう。この瞬間のために、朝も夜明け前から準備して、朝日と共に山を登り、寒さに耐えながら何時間も待機していたんだ。

悔しくない、わけがない。

きっと、この前だって。

なんと言うべきか。いや、「べき」とか、そういうんじゃなくて。

「――悔しい、ですね」

ぽつりと言うと、茜が「えっ」と訊き返して来た。

「いやだって……わたしも悔しいなぁって、思って……ついてきただけですけど。そういうものなのかもしれないですけど。せっかくなら、茜ちゃんが獲るところを、見てみたかったなと思って」

繕うことない、ただの本音。それを告げると、茜は一瞬気が抜けたような顔になって、それからフッと笑った。

「まだ、見られるかも分からないよ」

「え？　そうなんですか」

「これでまだ終わりじゃないし。今のだって、下で待ってる誰かが撃つかもしれないけど……今日はグループで来てる巻猟だからね。何頭か獲れるまで、まだやるんじゃないかな」

「……ということは、雪の中、また数時間……」

つぶやくと、茜が笑った。珍しく、楽し気に。お尻が、また少し冷えたような気がした。

「ついてきて、後悔してる？」

「……少しだけ」

繕《つくろ》うことない本音をぼそりと告げると、茜が「ふふっ」とまた一つ笑った。

山のどこかで、パアンと銃声が響き渡った。


結局、猟が終わったのはそれから三時間ほど経ってからだった。

鹿が二頭、獲れたらしい。「らしい」というのは、止めを刺したのはどちらも茜ではなかったからなのだけれど。「チームプレーだからこれでいいの」と言う茜は、やはり悔しそうだった。

「あ、茜ちゃん。ちょっとほっぺた擦りむいてますよ？」

山を降りながら、ふと前を歩く茜の頬が赤くなっているのに気づき、那海は声をかけた。茜が「え？」と怪訝な顔をする。

「ほんと？　気づかなかった……枝かなんかで、擦ったかな。放っておいて大丈夫」

「ダメです！　破傷風菌《はしょうふうきん》はどこにでもいるんですから、早めに処置しておくに越したことないです」

そう言って、那海は背負っていた鞄からミネラルウォーターを取り出すと、茜の頬にそっとかけた。余計なところまで濡《ぬ》れないよう、下に未使用のタオルをあてがい、余計な水分もそっと拭《ぬぐ》う。

「絆創膏《ばんそうこう》も貼っておきましょうね。これ、キズがきれいに治るやつだから、三日くらいは貼りっぱなしにしておいてください」

「……なんかいろいろ出てくる」

「災害時にも大活躍の救急バッグです。リュックの中に、一式持ち歩いてます」

えっへんと胸を張ると、「看護師ってみんなそうなの？」と訊かれた。

「いや……人によりますね。同期の加藤ちゃんはサコッシュで出かけるし、逆にもっと意識高い人は車に寝袋や三日分の食糧積んでるって言ってましたし……」

「もうそれ、看護師関係なくない？」

茜がふっと笑う。それもそうですね、と那海も笑った。

今日はなんだか、たくさん笑っている顔を見ているし、たくさん笑っているな。そう考えると、数時間待機の後悔なんてチャラだった。

車に辿り着き、そのまま集合場所へ移動しようとすると、茜のスマホに連絡が入った。それを見た茜の顔が、一瞬歪《ゆが》む。

「どうかしたんですか？」

「……鹿を追い立てていた犬、いたでしょう？」

「あ、はい。二匹で追い立てていましたね」

待機中、鹿を追って来た犬をちょろっと見かけた。身体が大きく、賢そうな犬たちだった。猟犬として、訓練されているのだと、茜が教えてくれた。

「そのうちの一匹……チャッピーが戻って来ないんだって。山で、迷子になったみたい」

茜が、降りてきたばかりの山を振り返る。那海もまた、振り返った。

迷子……こんな山の中を迷子だなんて。

「中で、何人か探してるみたいだから。私も行ってくる」

「え、じゃあわたしも」

車に触れていた手を離すと、茜が冷たい視線を向けて来た。

「別にいい。あなたは、ここで待っていて。私一人の方が、早く歩けるから」

「いや……でも」

「足手まとい」

ぴしゃりと、まるで突き放すような言葉で告げられ、那海はぐっと黙った。分かっている――これは、茜なりの気遣いだ。が、下山中もふらふら足元が覚束《おぼつか》なかった那海には、それに言い返す言葉がない。

「……山の中は電波悪いし。連絡役としても、ここにいてもらえると助かる」

今度は少し声を和らげて、茜が言った。

「連絡役、ですか」

「うん。あなたのことも、アプリのグループに入れておくから……。ここで、状況を確認しておいて」

茜はそう言うと、背負っていた鞄を荷台に置き、銃の入ったガンケースだけ背負い直して、山の方に歩き出した。

「もうすぐ暗くなるし、すぐ戻るから。車の中で待ってて。寒かったら、暖房つけていいし」

「はい……」

茜の言う通り、空の一部は青空から赤色に染まり始めている。冬の日入りは早い。

日が落ちたら、ますます寒くなるだろう。

茜の背が、どんどん山に吸い込まれるように小さくなっていく。もやっとしたものが、胸の中で暴れている。

「――あのっ」

大きな声で呼ぶと、茜が一瞬足を止め、振り返った。

「本当に……無理、しないでくださいねっ」

叫ぶ。それに、茜が手を挙げ、また歩き出す。

落ち着かない心のまま、那海はその背中を見送り――。

そして。

やがて完全に日が落ちて、辺りが夜闇に包まれても。

茜は、戻ってこなかった。

＊

「オネェ……」

沙那《さな》の声が、不安そうに揺れている。那海は、その小さな手をぎゅっと握った。

九年前。両親が死んだ。それは、本当に急な出来事だった。

虫の知らせ、というものが世の中にはあるらしいが、那海にはなかった。二人が事故に遭《あ》っていた頃は、新学期の部員集めについて部活で話し合っていたし、祖母から連絡を受けて病院に向かっている最中も、実感などなにもなかった。

沙那はまだ小学生だった。卒業式は終えていたけれど、まだ三月だったから小学生だ。

病院帰り、祖母の車でぼんやり窓の外を眺めながら、道沿いに植えられた桜並木が白くきれいだったのを、今でも鮮やかに覚えている。

「オネェ」

また、沙那が言った。祖母は無言のまま、車を運転していた。那海は視線を窓から、小さな妹に向けた。

「なぁに?」

「なぁにじゃないよ、オネェ。ママ……と、パパ……し、死んじゃった……よ?」

そうだね。死んじゃったよ。

そう相槌を打つわけにもいかなくて、ちょっとだけ困った顔になった。前の座席から、「う……うっ」と嗚咽《おえつ》が聞こえて来た。祖母だ。車がぐいんと曲がって、路肩に停まる。

「ごめんね……ごめ、ね。ちょっとね。おばあちゃん……ッ」

祖母が泣く。泣いてるなぁ、と思いながら、那海はハザードボタンを押した。チカチカと、車内に機械的なリズムが流れる。

絶望する妹と、悲しみにくれる祖母。二人に挟まれて、那海はただぼんやりしていた。お葬式とか、どうするんだろう。おばあちゃん、やってくれるのかな。そんなことを考えたかもしれない。

生まれたときから、那海と沙那を育《はぐく》み、慈《いつく》しんでくれた両親。二人がいない世界。それは、変わらず桜がきれいで。空気は温かくて。空は青くて。

ただ、ぽかーんとしたなにかが、心のどこかに開いていて、悲しみがそこから漏れ出していることに、那海は気づいていなかった。

那海もまた、たったの十七歳だった。

＊

チカッと光を感じ、那海はハッとした。向こうから、車が近づいていくる。冷える腕を抱え込みながら、軽トラを飛び出した。

「孝臣さん！」

那海が前に飛び出すと、車がその場に停まった。孝臣と、もう一人猟友会の男性が降りてくる。

「春風《はるかぜ》さん。茜ちゃん、まだ戻んねぇんけ」

「うん、うん。戻んない、です」

震える手で、握りしめたスマホを見る。山の中は電波悪いし――そう言っていたから、期待はできなかったが、やはり茜からの連絡はない。

「他の、探しに行った奴らはみんな戻って来たし……後は、犬と茜ちゃんだけなんだけどなぁ」

孝臣が、そう言って頭を掻く。もう一人が、「無線持ってってくれてればな」と心配そうにつぶやいた。急いで向かったためか、荷台に置いた鞄の中に、無線は入れっぱなしだった。

「どっかでケガしてなきゃいいけれど……」

孝臣の言葉に、ドキリとする。

ケガ。こんな暗く、寒い山の中で。想像するだけで、心の奥にヒュッと冷たい風が吹き込んできた気がした。

「今晩はまた雪も降る予定だし……早く探してやんねぇと」

「でも、孝臣さん。もうこんな暗いし、手がかりもなしじゃ。警察に連絡した方がいいんじゃねぇんけ」

「そうだなぁ」

二人の会話が、耳を通り過ぎていく。あまりにも、耳奥で、ドクンドクンと鳴る鼓動がうるさすぎて。

(茜ちゃんが……死んじゃう)

気がつけば、足は山の方へとふらふら向かっていた。

ダメだ、無理だ。わたしがこんな山の中に一人で入ったところで、なんの役にも立たない。分かっている。なんの役にも立たないんだ。

世の中には、できることと、できないことがある。

足を怪我した那海は、選手としてバスケの試合ができることはなくなったし、死んでしまった両親を蘇《よみがえ》らせることだってできない。

でも、自分より幼い妹のためにできることはあると、必死で勉強して、資格をとって、働いた。

そして——倒れた。

できないことを、してしまったから。

今、自分が山に入っても——できないものは、できない。

(けど)

後ろから、「春風さん!?」と孝臣さんの声がした。でも、鼓動がうるさいから、聞こえない。そういうことにした。

山に入る。獣道かどうかもよく分からない、ただ雪を踏み、草を蹴り飛ばし、暗い山を駆ける。

（バカだな、わたし）

バカだ。できることと、できないこと。それを見誤って、失敗して。大事な妹に、心配をかけて。

孝臣さんたちにも、余計な迷惑をかけている。怒っているかもしれない。社会人としても、どうかと思う。でも。それでも。

「あかねちゃぁぁぁぁん！」

月明かりもない。こんな暗い場所で、今なにを思っているだろう。それを考えると、いてもたってもいられなかった。

――ちらりと、雪が降り始める。

「なんでこんなときに、もうっ！」

苛立ちながら、那海はもう一度叫んだ。

「茜ちゃんっ！　どこにいますか？　返事できますかっ？」

ちらちらと、あっという間に雪は強くなってきた。白く舞い散る雪が、まるでいつか見た桜の花びらのようで。那海は更に大きく、「茜ちゃんっ！」と叫んだ。

「どこか……どこに……ッ」

がさりと。

すぐ近くで音がして、那海はハッとそっちを見た。

「茜、ちゃん？」

がさりと、また音。茜じゃない。茜がこんな近くにいるのだったら、きっととっくに返事をしてくれたはず。

ここは、山の中だ。なにがいたって、おかしくない。

茜は、この近辺にはどんな動物がいると言っていたっけ。鹿に、猪に、猿……それから、少ないけれど熊も。

がさりと、また音。どくりと、心臓が跳ねる。もし、熊だったら？　猪だって、危ないかも。鹿も、立派な角を持っていた。

茜や猟友会の人たちは、銃や罠を使ってそういった獣たちと向き合っている。自分は？　なにもない。立ち向かう術なんて、なにも持っていない。

世の中には、できることと、できないことがある。

(あの茂みに……熊が、いたとして)

戦える？　そんなわけ、ない。

じゃあ逃げられる？　それは、どうだろう。リュックを投げておとりにすれば、もしかしたら。

　――ガサッと、目の前の藪が揺れる。

「――ッ」

　悲鳴はでなかった。空気を飲んでしまって、咳込む。リュックを投げるのも忘れ、駆け出そうとし――。

「わんっ」

　犬の声に、那海はゆっくりと振り返った。

　へっへっへ、と尾を振る犬がいた。野犬にしてはこぎれいだ。まじまじと見つめ、

「あっ」と思い至る。

「もしかして……チャッピー？」

「わんっ！」

　嬉しそうに、犬が吠える。チャッピーだ。猟の最中にも見かけた、迷子の猟犬。

「さ、探したんだよ。みんな。今も、茜ちゃんが――」

　呼びかけながら、ふと気づく。チャッピーの足元には、靴が転がっていた。

「それ……」

「わふっ」

　チャッピーはもう一声吠えると、落としたそれをぱくりと拾い上げ直した。そのま

ま、くるりと方向転換して、また藪の中へと入っていく。

「ちょ……っ、こら、待って!」

那海も慌てて駆け出す。藪は那海の背丈より高くて、進みにくい。

(あの靴……茜ちゃんのブーツだ!)

暗くて、はっきり見えたわけじゃない。そもそも、茜のブーツをじっくり観察していたわけでもない。

それでも、確信があった。あれは、茜のだ。茜のブーツだ。

がさがさと、前をチャッピーが走っていく音がする。音を頼りに、それを追う。

(待って……待って)

ずきりと、膝が痛む。疲れと冷えが、古傷を苛《さいな》む。

バスケは、中学生になってから始めた。友達に誘われてなんとなく、だったけれど、チームスポーツは那海の性に合った。

ボールの扱い方一つとっても、指先で、身体で、足元でと、練習はいくらでもやれた。ボールを二つ持って左右の神経を鍛え、風呂の中でもシュートスナップの練習をして……他にも、できることはなんでもやった。自分が上手くなることで、チームの役に立てるのが、なにより嬉しかった。

ケガをしたのは、高校二年の頃だった。三年が引退して、副キャプテンに選ばれたばかりのときだった。

期待に応えたい。応えなければ。その想いで、必死に身体を動かした。練習量を増やした。そして――膝に違和感を覚えるようになった。

早く、病院に行っていれば変わったかもしれない。でもそのときは、一時的なものだと根拠もなく楽観視していた。サポーターを巻いて、変わらず練習をし続けて――壊れた。

マネージャー業務は楽しかった。選手にならずとも、みんなの役に立てるのも嬉しかった。

――そう思えたのは、だいぶ経ってからだ。

本当は悔しかった。リハビリ中も、一緒にやっていたみんなが試合に出て、後輩がゴールを決める姿を見るのも辛かった。

待って、置いてかないで。そう、叫びたかった。

(わたしってほんと……間違ってばかりだ)

できないことを無理して、勝手にダメになって、心配かけて。

そんな自分を変えたくて、ここまで来た。

でも。

今回は、ダメだって思いたくない。絶対に、諦めたくない。逃がさない、追いつく。

手を伸ばして、痛かろうが足を動かして、それで――。

「待って！」

叫ぶと同時に、視界が開けた。すぐそこにチャッピーの身体があって、那海は慌ててブレーキをかける。

「――っ」

前につんのめりかけ――ぐっと背中を反らして、尻をついた。雪が冷たい。

目の前は、急な下り斜面になっていた。勢いのまま走っていたら、落ちていただろう。

「あぶな……っ」

おそるおそる覗き込むと、ちらりと光るものが見えた。雪が、月の光に反射したのか――そう思ってから、いや違うと考え直す。

相変わらず雪はちらちら降っていて、空は暗闇に覆われている。

「……茜ちゃん？　茜ちゃん、そこにいますか？」

呼びかけると、すぐに「誰？」と返事があった。

「茜ちゃん！　那海ですっ、春風――ッ」

「は？　あなた、なんでここに――」

「心配だから迎えに来たに決まってるじゃないですかッ！」

そう、目を凝らす。数メートル先に、茜の姿があった。茂みに引っかかっている。

ちらちら光っているのは、スマホのバックライトだった。

「動けないんですか？」

「そう。落ちたときに、身体打ち付けちゃって。で、ここにいるのを知らせるために、ブーツだけでも上の方に投げたんだけど……」

なるほど、それを迷子のチャッピーが見つけて咥《くわ》え歩いていたわけだ。近くでへっへとしているチャッピーを、那海は思いきりわしゃわしゃ撫でた。

「今、降りますから！　そしたら引っ張り上げて——」

「そんなの、共倒れになるだけだから！　先に戻って、孝臣さんたちに連絡取ってもらえる？　その方が」

「……でもわたし、ここまでどうやって来たか覚えてないです」

正直に言うと、茜は数秒黙って、「そう」と頷いた。声が、少し怒っている気がする。

「あ、でも。車のところに孝臣さんたち、来てくれてます。今、警察呼ぼうかって話してて」

「——そっか。……ねぇあなた、防災グッズ持ち歩いているって言ってたよね」

「え？　あ、はい。防災グッズというか、防災用の救急セット……」

「じゃあ、その中に笛とか入っていない？」

言われて、ハッとする。そういえば、救助要請用の笛が、セットの一部として組み込まれていた。

慌ててリュックを降ろし、ファスナーを空ける。かじかんで、指先に上手く力が入らない。それでもなんとか中身を取り出すと、白いホイッスルがセットの中に入っているのを見つけた。

ありました、と言う間も惜しくて、それを咥える。息を吸って、思いきり空気を送り込むと、「ぴいいいいいい」と澄んだ音が山の中に響き渡った。二度、三度。ぴぃぃぃぃぃぃ……と、音を鳴らす。

——どこからか、ぴぃぃぃぃぃと音が返って来た。笛とは違う、不思議な音だった。

もしかしたら、鹿の鳴き声だろうか。

それから数分おきに、笛を鳴らし続けた。やがて、「おぉぉぉい！」と人の声が近づいてきた。那海は、「ここです！」と叫ぶ。

「ここです、ここにいますっ！　茜ちゃんも……チャッピーも一緒ですっ」

やがて、藪の中から孝臣ら数人の猟友会メンバーがやって来た。こちらを見ると心底ほっとした顔をして、それから「無茶をするんじゃない！」と怒鳴った。ごめんなさい、と大人しく頭を下げる。

それから、持ってきてくれたロープで、茜を引っ張り上げてくれた。そういうものも必要だったのかと、今更思う。チャッピーも、飼い主を見つけると嬉しそうにわんわん吠えて飛び回っていた。すみません、すみませんと、飼い主に謝られてしまい、こちらこそ申し訳ない気持ちになった。

茜が引き上げられる。その顔は真っ青で、ぐったりとしていた。

その茜が、ちょいちょいと手招きする。那海がそれに、素直に従うと、軽く「こら」と頭を叩かれた。弱すぎて、最初は撫でられたのかと思うくらいだったけれど。

「無茶……しない」

「……茜ちゃんに言われたくないですけど」

答えた声は、少し震えていた。それを気づかれないように、にかりと笑ってみせる。

「それも、そっか」

ふっと笑ってから、茜はみんなに向かって「すみませんでした」と言った。みんな口々に、「いやよかったよ」と笑った。

そのまま茜は、メンバーの中でも若い人に背負われて、車のあるところまで運ばれた。運転できそうもないので、孝臣が運転してくれることになった。那海は、別の車で送ってもらえるということだった。

茜は車に横たわると、すぐに眠ってしまった。

(疲れちゃったんだな)

額に触ると、熱はない。足首を確認すると軽く腫れていたので、救急セットの中身を使って簡単に処置する。

「へぇ、手際がいいね。春風さん」

「あはは……仕事がらっていうか」

「そういや、看護師さんだったんだっけ」

孝臣が頷きながらつぶやく。それから少し考えるように俯くと、「なぁ春風さん」と続けた。

「もしよかったらだけど、講習会みたいなのやってくれねぇかな」

「講習会……ですか？」

「あぁ。猟友会の連中も、年寄りが多いし。今回みたいなこともあっからね。一度、救急法なんかの勉強を、みんなでした方が良いんじゃねぇかと思ってたんだけど――」

そこまで言ってから、孝臣の顔がふっと苦笑気味に歪んだ。那海の顔を見ながら、「ごめんごめん」と手を振る。

「今は、早く帰った方がいいわな。春風さんも疲れてるし」

「あ……すみません。あの、ご迷惑おかけして」

「いやいや。こっちで犬が迷子になったのが、そもそもだしよ。また後で連絡させてくれっか」

「はい、大丈夫です」

頷き、ぺこりとお辞儀をしてから、後ろで待っていてくれた車に「お願いします」と乗り込む。

カタカタと走り出した車から外を眺めると、ちらちらと白い雪が見えた。

それはあの日の桜のようで。

でも。目をつむって思い出したのは、まだ幼い頃、家族みんなで花見をしたときの
――そんな幸せな想い出だった。

第六話「家族じゃないから」

―鹿肉の雑炊―

「おじいちゃん。私、おじいちゃんの鉄砲が欲しい」

それを言ったのは、祖母の葬儀《そうぎ》を終えた夜だった。

祖母の葬儀にはたくさんの人が駆けつけてくれた。それに、丁寧に礼を言って回っていた祖父はすっかり疲れきったようで、台所でぼんやりしていた。その視線は、誰もいないガスコンロを見つめている。

「鉄砲って……茜《あかね》ちゃんがやるのかい」

祖父は驚いた、というでもなく、ぼんやりとした口調で返して来た。「もう銃も、終《しま》いにすっかなぁ」――そんなことをつぶやいた直後だったから、余計かもしれない。

「銃ったって……猟やりてぇなら、罠でだってできっぺな。もし銃やりてぇなら、もっといいもんも」

「おじいちゃんの銃が欲しい」

茜は繰り返した。葬儀を終えて早々に、父親は帰っていた。このだだっ広い部屋に、今いるのは祖父と茜の二人だけだ。

少し前までは、祖父と祖母の二人だけが住んでいたはずだが、たまに遊びに来たときよりも、部屋の明かりが煤《すす》けて感じる。

「許可証手放したら、おじいちゃんの銃、ここに置いておけなくなっちゃうでしょ。だったら私がもらう。私が許可証取れば、おじいちゃんの銃譲ってもらえるし」

「じいちゃんのやつなんて、たいしたもんじゃねぇよ？」

祖父が笑う。その笑顔に、少し力が戻ったような気がして、茜はホッとした。「そんなことない」はっきりと、茜は言った。

「おじいちゃんの銃は、わたしにとっても宝物だから」

＊

ふっと目を覚ますと、自分の部屋だった。自分のベッド。部屋着代わりの、自分のジャージ。

（昨日……どうやって帰ってきたんだっけ……）

記憶がぼんやりとして、よく覚えていない。身体を起こすと、頭がずきんと痛んだ。心なし、身体がだるい。どうやら風邪をひいたらしい。

（それはそう……か。寒かったし）

くんくんと自分の匂いを嗅《か》ぐが、臭くはない。目立った汚れもなさそうだ。全身をじろじろと観察して、足首の違和感に気がついた。つんとした独特の香り。シップを貼られ、ぐるぐるとキレイに包帯が巻かれている。

（……そういえば、看護師なんだっけ）

そう、同居人のことを思い出す。

もしかして、手当てだけでなく身体を拭《ぬぐ》って、着替えまでさせてくれたのか。手厚い。

きゅるるっと、腹が鳴った。そういえば、昨日は猟の合間におにぎりを齧ったくらいで、ロクに食べていない。

少し迷ってから、立ち上がる。捻った左足首が、畳につくとずきりとした。

向かうのは台所だった。ついでに、トイレも行きたい。

ぎぃぎぃと鳴る廊下を歩いていると、ほんのりといい香りがしてきた。煮炊きの匂い。先程より大きく腹が鳴る。

「……変なの」

思わず、自嘲《じちょう》する。ほんの少し前までは、少しくらい腹が減ったって、そんなの無視していたのに。今は、温かなスープだとか、なにかしら料理が食べたくて仕方がない。

足を引きずるようにしてようやくトイレの前まで来ると、「ぎゃあ！」というおかしな声が聞こえた。同居人は確かに騒がしいが、こんな声を聞くのは初めてだった。

目の前の扉が、バンッと勢いよく開く。そこからまろぶようにして飛び出して来たのはふんわりとした長い髪をルーズに編み込んだ、白いニット姿の女だった。

彼女は茜に気がつくと、手をついた体勢のままハッと顔を上げ、それからピッとトイレを指さした。

「あ、あそこ……ッ！」

「え？」

意味が分からない。そもそも、目の前の女はいったい誰なのか。

ずくんと痛む、ふだんより回転のよくない頭でぼんやり考えていると、正面の台所から「ちょっと！」と声がした。

「沙那《さな》！　大声出さないでよ、茜ちゃん起きちゃう……って、アレ？」

顔を出したのは那海《なみ》だ。すっかり馴染んだその顔にホッとする。那海はきょとんとした顔を見せたかと思うと、すぐに慌てた表情になった。

「茜ちゃん起きたんですか！　ダメですよ無理しちゃ。今、朝ごはん作ってますから」

言いながら、てきぱきと茜の額を触り、ついでしゃがんで足首を確認してくる。

「やっぱり、ちょっと熱出ちゃいましたね。近くの診療所、今日は定休日らしくて……もし街の病院に行くなら、送ってってくれるって連絡くれた人が何人かいますけど。どうします？」

「そこまで酷くないでしょ……足も、折れてる感じはしないし。寝てる」

幸い、今日は出勤予定はなかった。ただ、明日からの勤務に差支《さしつか》えが出るかもしれないから、一応連絡は入れておこうか――そんなことを考えていると、「ちょっとぉ！」と甲高い声がそれを遮《さえぎ》った。

女だ。彼女は少し怒った顔で、那海を見つめていた。それから、もう一度トイレをビシッと指さす。

「オネェ、トイレにでっかいクモがいるんだけどっ！」

「大きいクモ？　どっからか入り込んだのかなぁ……いないじゃん」

那海はひょいとトイレを覗き込むと、すぐに諦めて首を振った。「ちゃんと見てよ！」と女が騒ぐ。

「あんな大きいの見たことない！　これじゃトイレに入れないし」

「ひとんち来てわがまま言わないの。――あ、ごめんなさい茜ちゃん」

慌てた様子で、那海が女を立たせる。

「今朝、急に妹が訪ねてきて――沙那っていいます」

すみません、勝手にあげちゃって。そう言う那海は申し訳なさそうで、茜はとっさに「いや」と手を振った。

「ここは、一応シェアハウスってことにしてるし……あなたの家でもあるから」

「いや、でも家主は茜ちゃんだし」

そこに、ぐいっと割り込むようにして那海の妹——沙那が立ち上がった。小柄な、いかにも可愛い雰囲気の子だ。まとう雰囲気が那海とは違うが……きらきらと大きな目をしているのは、那海に近いか。総じて、あまり似ていない。

「春風《はるかぜ》沙那です。姉がお世話になっています」

ぺこりと頭を下げ、それからバタバタと去って行く——かと思えば、またバタバタ戻って来た。手には、紙袋を持っていて、中から箱を取り出す。

「これお土産です。東京の」

「……ありがとう、ございます」

なんとなく呆気《あっけ》に取られて、受け取る。

蛍光ピンクの派手な包み紙に、英語のロゴが踊っていた。たぶん、なにかしらのお菓子だろう。ひっくり返すと、「冷暗所にて保管」と書かれている。今の時期なら、台所に置いておけば大丈夫だろう。

「そういえば……なにか作ってたんじゃ」

那海に言うと、彼女は「びゃっ！」と頓狂《とんきょう》な声を上げて台所へと引っこんだ。

「お雑炊《ぞうすい》、今作ってるんで！　できたら部屋に運びますから、無理しないで戻っていてくださいね」

「……分かった」

台所で待とうかとも考えたが、じっと見つめてくる沙那の瞳に気圧《けお》されて、のっそりとUターンする。
二、三歩歩き出してから、手に菓子箱を持ったままなのに気がついた。足の痛みはさほどではなかったが、動き出した以上戻るのは少し億劫《おっくう》だった。
「あの。持ちますよ」

後ろから声をかけられて、振り返る前に荷物を、斜め後ろからひょいと奪われた。沙那だ。

「あ……」

「具合、悪いんですよね。部屋、向こうなんですか。そこまで」

「……ありがとう」

ずきりと頭が痛む。お節介なのは姉に似ているな、など。どうでもいいことを思う。

「診療所、休みなんですか。この辺って、他に病院ないんです？」

「ないことはない……けど。病院のある街まで行くなら、車を出さないと。診療所は……その、週三くらいで、大きいところから医者が派遣されていて」

幸い、喉は痛くない。これなら、雑炊も美味しく食べられそうだな、などと、話と全然関係ないことが頭に浮かぶ。沙那は、「ふぅん」と詰まらなさそうだ。

「なんか、不便ですね。バスとか電車は？」

「田舎だから。バスも電車もあるけど……東京で走ってるような間隔ではない」

広い家とは言え、喋っている間に部屋の前まで着いた。部屋を覗かれたくなくて、茜はその場で立ち止まる。

「ありがとう……えっと、そのお菓子。よかったら、春風さ……あー、那海さんと、でも」

ここまで運んでもらったのに、感じ悪いだろうか――などと考えながら言葉を探していると、沙那は「あぁ」とあっさり頷いた。

「姉に渡せばいいんですね。部屋置いておいたら、悪くなっちゃうし」

「……お願いします」

ほっとして、そっと部屋に引っこもうとすると、「あの」と声をかけられた。

振り返ると、沙那が笑顔で「急に来ちゃってごめんなさい」と謝ってくる。

「姉がどんなところに住んでるのか、確かめておきたくて」

「……はぁ」

それって、どういう感情なのだろうか。よく分からない。姉弟《きょうだい》が住んでいる場所なんて――どうでもよくないか？　いや、それはうちだからそう思うのか……。

ぼんやりとする。やっぱり、あまり調子がよくないのかもしれない。とりあえず、寝よう。

「鬼頭《ここ》って」

「……？」

声が聞こえたのは、滑り込むように入った扉をほとんど閉めかけたときだった。隙間から沙那の顔が見える。こっちをよく見ているのかは分からない。ただ、きらきらとした笑顔だった。

「――なんか、ヤバいですよね」

ばたん、と。扉が閉まった。ずるりとその場に腰を降ろしかけ――そのままだと立ち上がれなくなりそうで、中腰のままのろりのろりとベッドまで向かった。そのまま、ぼふんと倒れ込む。

「……はぁ」

感じ悪いだろうか？　そんなの、今更悩む人間じゃないだろう、私は。

ぐるりと寝返りを打って、天井を見る。

そう言えば、那海《春風さん》はこの部屋に入ったのか。

服を脱がされ、床に脱ぎっぱなしにしていたジャージを着せられた。

……意外に、それは不快じゃなかった。

（……春風さんの「妹」だから）

そんなことで、嫌われたくないと。そう思ったのか――思っているのか、今も。

ぼんやりとする頭。重い身体。けれど、どこかの芯がスッと冷えていて、落ち着かない。

（……トイレ、行き損ねた）

大きなクモが出たと、騒ぐ沙那を思い出す。クモなんて、どこにだっている。田舎じゃなくても。

『ここってなんか、ヤバいですよね』

クモが出るから。医療機関が週の半分機能していないから。電車やバスが、一時間に一本程度しか走っていないから。

（ヤバい……ヤバい、か）

便利な魔法の言葉。いい意味にも、悪い意味にも使える感嘆詞のようなもの。

昔、高校で古典の授業中、「いみじ」という単語が出てきた。酷い、素晴らしい、すごく。そんな意味だったか。ヤバいと一緒だ。昔から、そんな言葉はある。

『ここってなんか、すごく酷いとこですよね』

『ここってなんか、すごく素敵なとこですよね』

「――っふ」

あのきらきら笑顔での発言だと思えば後者の方がしっくりくるのに、どうしたって前者の言葉に聞こえてしまう。なんだかそれが変におかしくて、茜はくっくっくっと腹を抱えるようにしてベッドの上で丸まった。

コンコンコン、と。ノックが聞こえる。

「――茜ちゃん、起きてます？」

那海の声だ。茜は笑いを噛み殺し、「うん」とくぐもった声で頷いた。

「なに」

「お雑炊、持ってきたんですけど」

「うん。あぁ――入ってもらって、いいかな。ちょっと、起き上がるのしんどくて」

自然とそう答えながら、身体を起こす。がらりと、引き戸が開いた。

「辛いですか？　あ、水分よく摂ってくださいね。解熱剤《げねつざい》もあるんですけど……でも、風邪のときは無理に押さえ込むよりは、そのままの方が治りも早いから」

「うん、大丈夫。今日は寝てるし」

那海は、床に落ちている本を避けながら近づいてきて、空いている机の上に盆を置いた。

「あ、そうだ。昨晩は勝手に中入っちゃって。ごめんなさい」

「別に。こっちこそ、迷惑かけてごめん」

律儀《りちぎ》に謝ってくる那海に、茜はふっと表情を綻《ほころ》ばせた。やっぱり悪くない——那海はぐいぐい来るタイプではあるものの、不思議とわきまえている。その距離感が、茜には心地がいい。

「雑炊、いい匂い」

「あ、食べられそうですか？　無理しなくてもいいんですけど」

そう言いながら、一旦置いた盆を茜の膝に置き直す。

柔らかく煮込まれた米に、ほんのり色づいた汁。溶き卵が上に、ふんわりと載っかっている。

「食べる。美味しそう」

盆に添えられていたスプーンを手に取って、「いただきます」とつぶやく。すくったお米を吹いて、そっと口に運ぶと口の中に生姜《しょうが》と出汁の味が広がった。

「おいひ」

「よかった。細かくしたんで、分かりにくいかもですけど。鹿のお肉もいくらか一緒に入っているんですよ。孝臣さんから、鹿肉は身体を温めるって聞いて」

「そう……なんだ」

言われてみると、確かにほのかに、柔らかい繊維質な塊が、食感の中に混ざってくる。あぁ、そうか。前に龍之介《たつのすけ》が作ったシチューに少し似てるんだ。真似をしてみたのかな、私が食べやすいように。

「ありがとう」

それは、自然と口から出た言葉だった。那海が、「どういたしまして」と受け取る。

「……どうか、した？」

顔を見上げると、那海は「えっ」と声を詰まらせた。

「なにがですか？」

「なんか、いつもより大人しいから」

「いや、そりゃ大人なので、病人の前では大人しくしますけど——」

そんなことを言ってから、那海はちらっと視線を泳がせた。「あー」と、間延《まの》びした声を上げる。

「……ただ、その。実は沙那が」

「……妹さんが？」

ぐっと、一瞬だけ胸が詰まった。反射的に、ごほんと咳払いをしてごまかす。

「あ、大丈夫ですか？　スポドリ、スポドリ……」

「ううん、大丈夫。ちょっと、むせただけだから。……で？」

「あー、はい。その、沙那がですね。何日かここに泊まらせてほしいって言ってきて。いや、もちろん断ったんですけど。茜ちゃん具合悪いし。ただなんか……ちょっとしつこいから、どう帰そうかなーと」

「へぇ……」

なんと返事をしていいか分からず、茜はもう一口雑炊を含んだ。美味しい。安心する味だ。

「別に、いいんじゃない？　さっきも言ったけど、ここはあなたの家でもあるんだし」

「んー……でも」

那海は居心地悪そうにもぞもぞしている。断った——とは言っているが、食い下がってくる妹に対して素っ気なくもできないのだろう。あの沙那の様子を見ていると、よく分かる。

彼女はきっと、愛されて育ってきた。

「仲がいい家族がいるなら、それに越したことはないでしょ。別に……あなたの部屋に泊まらせる分には、私は気にしない」

「そう……ですか？」

ホッとした顔——そう見えたのは、穿《うが》ち過ぎだろうか。いや、いいじゃないか、可愛い妹をむげに扱わずに済んでホッとするのは、当然だろう。妹想いの姉なら。

「ありがとうございます。あまり……長く居過ぎないようには、言い聞かせますから」

そう言って、那海は出て行った。

雑然とした部屋に、一人。茜はしばらくぼんやりとしてから、雑炊をまた一口啜《すす》った。

＊

けほけほと、咳が止まらない。苦しい。

布団の中で、茜は歪む天井を見た。熱で涙が止まらなかった。

窓の外からは、オレンジ色の光が差し込んでいる。今日は平日だったろうか。小学校は、もう終わった時間。明日は、学校行けるかな。そんなことを、とりとめもなく考える。

（喉……渇いた）

枕元に置きっぱなしのコップは空だ。茜はそれを持って、のっそりと立ち上がった。

けほけほ、と止まらない咳。

二階から階段を降りる最中、よろけそうになった。慌てて、空いている手で、手すりにしがみつく。それからそっとまた、階段を降りた。

一階に降りると、いい香りがした。肉の焼ける香り。濃く甘いタレの、香ばしい匂い――ちょっと、気持ちが悪い。

ダイニングに入り、キッチンへと向かう。ジュージューと肉の焼ける音と、くすくすという笑い声。

キッチンには、母と弟がいた。肉を焼いている母の傍らに、寄り添うようにして甘えん坊の弟が立っている。「これ、ぼくすき」「知ってるわよ」「あ、でもピーマンは抜いてよね」「好き嫌いしてると、おねえちゃんみたいに風邪ひくよ」――くすくすと交わされる声。茜は、出そうになった咳を必死に飲み込んで、その場を離れた。くすくすという笑い声。弟の好物が焼ける匂い。

水は、トイレの前にある手洗い場で汲《く》んだ。最初からそうすればよかった。そうすれば、あんなもの見ないで済んだし。あんな声、聞かないで済んだのに。

＊

次に目を覚ましたときには、部屋がオレンジ色の光に包まれていて、もう一度同じ夢を見ているのかと錯覚した。

布団ではなく、ベッドの中。長くなった手足。

起き上がると、机に置いたはずの空《から》のどんぶりはなくなっていて、代わりに水とスポーツドリンクの新しいペットボトルが置かれていた。

ペットボトルの中身を、空のコップに注いで口にする。

「……おいしい」

それからゆっくりと立ち上がって、廊下に出た。

足は痛むが、全身に感じるだるさと頭痛は薄くなっていた。熱が下がったのだろう。代わりに、着ている下着が少しじっとりしている。

(お風呂も……入りたいな)

ひとまずはトイレを済ませ、それから――そっと台所を覗き込んだ。誰もいない。

「……はぁ」

とさりと、イスに腰を降ろす。熱は下がった。足は痛い。だるさは抜けたが、なにか――なにか。

「――あれ。茜ちゃん、大丈夫ですか?」

不意に、那海が台所に入って来た。それに、片手を挙げて答える。とてとてと近づいてきた那海は、今朝のように茜の額と足をチェックした。

「熱はずいぶん下がりましたね。足は……夜の方が痛むかも。お風呂出たら、湿布交換しましょうか」

「自分でやるから。そこまでしてくれなくていい」

かいがいしい那海にそう答えると、彼女は「えー」と笑いながら口を尖《とが》らせる。

「好きなんですよ、包帯巻くの。キレイに巻けると、なんか嬉しいっていうか、勝った気分になって」

「変な趣味」

「あははっ」

笑いながら、那海は冷蔵庫へと向かった。そこから、ボウルを取り出す。

「今から、餃子《ぎょうざ》作るんです。沙那が、栃木と言ったら餃子でしょって。肉だねはもう作ってあるんで、あとは包むだけなんですけど」

「栃木というか……宇都宮《うつのみや》じゃないかな。餃子は」

「そうそう、宇都宮餃子。なんか、肉より野菜が多めでさっぱりしてるのが特徴……でしたっけ？　それなら、茜ちゃんでも食べられるかなーって。でも、蒸し焼きだといくらか油っぽくなっちゃうから、茜ちゃんの分は水餃子にしますね」

「……ありがとう」

いえいえ、と那海が振り返り、ニッと笑う。それから、行平鍋《ゆきひらなべ》に水を張って、コンロのつまみを回す。カチカチっと、点火の音がした。

さくさくと動くその背中を、ダイニングテーブル越しにじっと見つめる。

「……手伝おうか？」

「病人は、寝て休んで、早くよくなるのが一番のお手伝いですよ」

餃子を包みながら、那海がくすくすと答えた。

「オネェ、お風呂洗ったよー」

そう、廊下からドタドタと走り入って来たのは、沙那だ。茜を見つけると、「あっ」という顔をする。なにかいう前に、「ありがとー」と那海が応えた。

「茜ちゃん、先にお風呂入ってください」

「……じゃあ、そうさせてもらう」

それが一番の手伝いになるというのだから、仕方ない。下着と着替えを取りに、台所を出て部屋へ戻ろうと、廊下を歩き出す——と。

「茜ちゃん」

呼び止めて来た声は、那海にそっくりだった。だが、違う。

振り返ると、沙那がにっこりと笑いながらそこにいた。

「……茜ちゃん？」

「あ、ごめんなさい。オネェがそう呼ぶから、なんかうつっちゃって」

あはは、と沙那が笑う。茜はただぐっと堪え、頭に浮かんだのとは別の言葉を吐き出した。

「お風呂、洗わせちゃって。ごめんなさい」

「別に。オネェの手伝い、しただけだし」

でも、と。変わらない笑顔で沙那は続けた。

「オネェのこと、そろそろ返してもらえません？」

「……返す？」

単純に、意味が分からなかった。

沙那は笑顔だ。「ヤバい」とこの地区を評したときと同じ、笑顔で続ける。

「オネェ、東京にいるとき、ぶっ倒れたんですよ。過労で」

「……それは、少し聞いている」

仕事で無理して倒れた。妹を心配させたくなくて、ここに来た。

そう、確かに言っていた。

「オネェって、昔から無理するタイプで。特に、他人のためって大義名分がついちゃうと、特にで。あたしだとか、職場の人たちのために、ずっと無理をし続けてた。だから、駅のホームで倒れちゃったりなんかしたんです」

そこまでは初耳だった。ただ、なんとなく……想像はつく。他人のためならいくらでも頑張れてしまう、そんな人間。正義感だとか、損得だとか。そんなものを抜きに、尽くしてしまえる。そんな危うさが確かに、那海にはある。

「あたし、オネェにはもっと幸せでいてほしくて。自由になってほしくて。だから、看護師を辞めさせたんです。なのに」

そこで初めて、沙那の視線が鋭くなった。キッとした、強い眼差し。敵を見る目だ。

「東京にだって、いくらでも居場所はあるはずなのに。こんな不便なとこまで来て。おまけに今度は、あなたのために一生懸命になって。そんなの、意味ないじゃないですか」

「……そう？」

意味がない。

那海がこの鬼頭《きがしら》地区に来たことには、意味がない？

「……私は、そうは思わないけど」

言い返されるとは思わなかったのか――「は？」と沙那が声を上げる。明らかに、苛立ちまじりで。

「私は、春風さんが……那海さんがそんなに弱い人だとは、思わないけど」

初対面から山に入り、何度嫌味を言われても相手をおもんぱかり、初めての解体では自ら包丁を握り、夜の山で茜を見つけ――。

そんな那海を見てきた。短い間だろうが、そういう那海を見てきた。

「……勝手なこと言わないで」

ぎりっと沙那が歯がみをする。

「茜ちゃんは、家族じゃないからそういうことが言える。あたしは……っ、オネェが救急車で運ばれたって連絡を受けたとき、すごく……すごく怖かった！　また同じ想いをするのかって、怖くて――ッ」

「そうかもね」

茜は頷いた。

それはそうだ。茜は、家族ではない。那海とも、沙那とも。

きっとなにかあったのだろう。よほど、辛い想いをしたのだろう。

でもそれは、茜には分からない。分かってあげることなんてできない。

「じゃあ、そういう話は本人にして」

「――っ」

沙那の顔が、パッと赤く染まる。揺れる瞳。きっと、こうして雑に扱われることになんて慣れていない――そういう、戸惑い。

「沙那ー？　トイレまだ終わらないの？　餃子包むの手伝ってってばー」

台所から、那海の声が聞こえてくる。それに、沙那の顔がぴくっと揺れた。

「……ッ」

プイッと背中を向け、沙那が歩き去って行く。

どすどすどすという足音と、ギシギシ悲鳴を上げる廊下。「沙那、どうかしたの？」

「べつに」「なに、またクモでも出たの――？」

「――……」

ふいっと、その声に背中を向けて歩き出す。

きしきしと、小さな廊下の悲鳴を聞きながら。

「……めんどくさ」

茜は、小さく吐き捨てた。

第七話　家族
―猪のカツサンド―

沙那《さな》が《antler《アントラー》》に来て、三日が過ぎた。

「ねぇ、まだ帰らないの？」

「なんで帰ってほしいの」

ダイニングテーブルで頬杖をつき、だらだらとスマホをいじっていた沙那は唇を尖らせてみせる。それが、小学生の頃と変わらない顔で、那海《なみ》は「はぁ」とため息をつく他ない。洗い物を終えたばかりの手を、タオルで拭く。

「大学の授業は？」

「冬休み。オネェに大学行かせてもらってんのに、サボるとかしないから。そこは信頼して」

「してるけどさぁ……」

いい子だ。可愛い妹なのだ、本当に。

早くに両親を亡くし、そこから数年面倒を見てもらった親戚の家でも、進んで手伝いをしていた。実習中、疲れ切っている那海のために、多くない小遣いから材料を買って、ホールケーキを作ってサプライズの差し入れをしてくれたこともある。

大学受験の頃には、働き始めていた那海との二人暮らしだった。社会人として、看護師として。責任の重い仕事を任されだした那海はかなり手いっぱいで、受験のサポートもロクにできていなかったと思う。

それでも帰ると笑顔で出迎え、狭いアパートのテーブルで参考書を広げて勉強に打ち込んでいた。

――それらを思うと、那海はどうにも、沙那に強く出られない。

（けど……だからって、それが茜ちゃんに迷惑をかけていい理由にはならない）

茜《あかね》は熱も下がり、昨日にはだいぶ調子もよさそうだった。職場である射撃場にも、

「雪山で遭難しかけたんだから、しっかり治すように」――という好意で、今日まで休みをもらえたという。孝臣《たかおみ》も顔馴染《かおなじ》みの場所らしいから、いろいろ話しておいてくれたのかもしれない。

そしてその茜と沙那が――その間に流れる空気が、どうにも微妙なのだ。

最初は気のせいかとも思った。だが、以前まで一緒に食事を摂っていた茜が、部屋で別に食べるようになった。それも、体調のせいかと思ったが――今朝もまた、ひょいと台所に現れて二、三言だけ喋っただけで、自分で食事を持って引っこんでしまっ

た。

沙那は沙那で、本来こんな気の回らないタイプではない。

事前連絡もほとんどなしに、突撃してきて。しかも他人の家にそのまま居座り込むなんて、那海の知っている沙那らしくない。

「……ねぇ、沙那。東京で、なんかあったの？」

「んー？　なんかって、なにー？」

「いや分かんないけどさ……なんかー……えっと。大学とか……彼氏とか？」

新しくできた彼氏は社会人だと言っていた。学生と社会人では時間や考え方の違いで、すれ違いに発展することも少なくない――そんなぼやきを、同期の加藤から聞いたこともある。

(まぁ、加藤ちゃんはそれでも結婚までこぎつけたけど)

それは置いといて、と頭の中で棚に上げていると、沙那がぷっと笑った。

「彼氏とは仲良いよ。大丈夫、相談だって乗ってくれるし――ていうか、オネェこそどうなの？」

「どうなの、とは」

「この三日間ずっと家にいるけど、ここでなにしてんの？」

ズガン、と。いきなり鈍器で頭を殴られたような心地になり、那海はテーブルに両手をついた。よろけかけた身体を、必死に立て直す。

「……なにも、してないけど」

いや、なにもしていないわけじゃない。

猟にだって二回行ったし、解体作業にだって参加した。毎日料理や洗濯に掃除をして、地域のコミュニティとも接点を作り、なんなら人命救助だって。

でも。

(お金になることは、なに一つしていない……！)

「え、マ？　こんなとこまで引っ越してきて、ニートしてるの？」

ズバリと、今度は斬り込まれた。「ギャッ！」と悲鳴を上げて、那海は今度こそ床にひれ伏した。

「いや……その。仕事をしないつもり……では、ないんだけど」

「……オネェは、別に仕事好きじゃないんだ？」

「いやー……うーん……」

なんて答えたものか。悩んでいると、畳みかけるように沙那は続けた。

「こんな田舎だもん。余計だよね。仕事なんてあんまなさそうだし」

「え？……いや」

「だいたい、こんなとこまで来た意味ある？　選択肢なら、東京の方がいっぱいあるじゃん。ていうか、年末どうすんの？　帰って来るんでしょ」

「いやー、ここにいようかなと思ってたけど……東京の部屋引き払っちゃったし」

「は？　だったらうちに来ればいいじゃん」

止まらない言葉。一つ一つが、ずんずんと頭に重くのしかかって来る。なんだか息苦しくて、那海は呼吸ができそうな場所を探す——けれど、言葉は容赦《ようしゃ》なく降ってくる。

「もうさ。このままあたしと一緒に帰ろうよ。こんな田舎に住むなんて、オネェには無理——」

「ちょっと待って」

すっと。息が、しやくすくなる。振り返ると、茜がいた。手には、空になった朝食の皿を持っている。

「あなた……ちょっと言い過ぎだから」

その言葉は、沙那に向かって投げかけられていた。言われた沙那が、ギッと茜を睨《にら》む。その表情に、那海はぎょっとした。

「ちょっと、沙那」

「——口出さないでもらえますか。家族の会話なんで」

いかにも棘《とげ》のある口調だ。一体、どうしたというのか——「沙那！」と那海は語気《ごき》を強くする。

「家族だからって、なにを言ってもいいと思っているなら、それは違うでしょう」

茜はそう言って、食器を流しに置いた。カチャカチャと洗い物をする音が聞こえる。

淡々と、言葉は続いた。

「相手が誰だろうと、強い言葉を向けられれば、怖いし傷つく。そんなことが分からないなら、あなたは那海さんに甘えてるだけの子どもだ。他人の人生に口を出す権利なんて、ない」

「……ッ他人って」

「ちょ……ストップストップ！」

慌てて、那海が大声を上げる。途端、一斉にぎろりとした目が向き、「ひぃっ！」と悲鳴を上げる。

「あの……えっと。昨日の夜……今日は天気がいいってニュースで言ってて。それで」

「だから」

「なに」

沙那と茜の低い声が飛んでくる。怖い。空気が微妙どころか、険悪だ。ふつうに悪い。

が、姉として。家族として。

ここで動けるのは、自分だけだ。

「――っぴ、ピクニックに行きませんかッ」

＊

山沿いの道を、ぐんと車が走っていく。

「――で、なんで龍之介《たつのすけ》の車なわけ」

助手席でぼそりとつぶやく茜に、ハンドルを握る龍之介が「まぁまぁ」と笑う。

「茜の車だと、三人乗れないだろ。それとも、俺が一緒じゃダメかな？」

「なにその喋り方。気持ち悪い」

「茜ちゃん、さっき『相手が誰だろうと、強い言葉を向けられれば……』って、めっちゃいいこと言ってたのに」

「へー？　茜がそんなこと言うなんて。大人になったなぁ」

「うっさい」

ぴしゃりと、茜がその言葉を押さえ込むと、龍之介は大人しく「はいはい」と頷いて黙った。後ろで見ているだけで、少しハラハラする。

そんな那海に、隣で大人しくしていた沙那が「ねぇ、オネェ」とこそこそ耳打ちをしてくる。

「この人、茜ちゃんの彼氏？」

「え？　いやー……どうだろ」

「じゃあ、もしかしてオネェの⁉」

「いや、違うからッ！」

空いている道を、車はどんどん下って行った。目的地は決まっていた。

「――あ。見てオネェ、湖だ！」

「わぁ……ほんとだ。キレイな湖」

車を走らせながら、眼下の景色を眺める。山々に囲まれた、大きな湖がきらきらと輝いている。

「秋だと、紅葉も見事なんですけどね」

運転をしながら、龍之介がさらりと付け加える。

「鬼頭《きがしら》に流れる川もそうですけど……このあたりは水の純度が高くて、水の名産地でもあるんですよ」

「へぇぇ……そうなんだ。知らなかった」

越してきて、一か月弱。小さな地区だと思っていたが、まだまだ知らないことがたくさんあるのだなと、那海が頷く。

「……もっと寒くなると、湖の湖面が凍って、そこを鹿が歩いていく姿とかも見られるけど」

「えっ、茜ちゃん見たことありますか⁉」

「一回だけ」

ふっと茜が微笑むのが、斜め後ろの座席から見えた。思わず、自分もその景色を見てみたいと思う。できれば、茜と一緒に。

――車は、展望台に停められた。そこから見える景色を楽しみながら、車の中で弁当を広げる。

「今日はですね、食べやすいようにサンドイッチにしてみました！」

そう、小包を一つずつ取り出して配っていくと、沙那が真っ先に歓声を上げた。

「これ！　カツサンド、懐かしい。受験のときに、オネェが持たせてくれたやつ」

「あはは……沙那、豚カツ好きだもんね」

今朝の様子に比べれば、だいぶ機嫌もよくなったようで、那海はホッとした。「へぇ」と龍之介が包みを開きながら笑う。

「カツサンドかぁ。楽しみだな」

「……龍之介さんに料理を出すのは、正直プレッシャーなんですけど」

「俺のは趣味だから、そんな気にしないでよ」

ははは、と、龍之介が笑う。茜は無言だった。無言で包みを開け、それから小さな「いただきます」が聞こえてくる。いただきます、と那海も自分の分に齧りついた。

分厚い肉。それをカラッと揚げて、細かに刻んだキャベツと共に厚めのパンで挟む。味付けは濃厚ソースに、パンに塗ったからしマヨ。齧りつくと、じゅわりとした甘みとしょっぱさが絡んで、ガツンとした美味しさを感じる。

「……あまり、脂っぽくない。美味しぃ」

「ヒレ肉なので、ロースとかに比べると脂身が少ないですもんね。それにこのお肉、この前の解体した猪肉なんですよ」

「猪？」

ぎょっとした口調で訊いてきたのは沙那だ。すでに半分ほど平らげたそれを、胡乱げに見つめる。

「茜ちゃんは、猟師さんでもあってね。鹿とか猪とか、鉄砲や罠で獲るんだよ」

「猟師？　なにそれ、漫画みたい。田舎だと、そういう人ってまだいるんだ」

フッと沙那が笑う。その口調があまりにも刺々しくて、那海は一瞬言葉を失った。

「沙那……？」

「ハンターは、意外に都会にもいるよ」

そう、柔らかな口調で答えたのは、龍之介だ。責める口調でもないそれに、那海はホッとした。

「そうなんですか？」

「うん、趣味だからね。休みの日に、地方に来て山に入る人とかもいるよね」

茜はなにも言わない。けれど、沙那の目は、自分の正面に座る茜の後頭部を睨みつけているように見えた。

「……趣味で動物を殺すとか、かわいそう。残酷過ぎません？」

「いやいや、趣味もあるけど。有害駆除っていうのもあるんだよ。鹿とか猪がね、畑の野菜食べちゃったりとか……」

「そんなの、人間が住む場所を奪ってるんだから。動物はただ生きてるだけでしょ」

那海の説明に、ツンと沙那が顔を逸らす。沙那の言いたいことは分かる。けれど、自分が言いたいことが上手く言葉にできない。那海は「いや、だから」とぐるぐる頭の中を回転させた。

「——動物はただ生きてるだけ、ね」

ふっと、茜がつぶやいた。それは、少し笑っているようにも聞こえた。沙那が、ムッとした表情をする。

「なんですか、違いますか」

「違くはないんじゃない？　前に……私が尊敬するベテランのハンターも、そんなこと言ってたなって」

でもね、と茜は続ける。

「あなた、豚カツだって最初喜んでいたじゃない。それとこれと、なにが違うの？」

「は？　なにが違うって……」

言いかけて、今度は沙那が言葉に詰まった。残りのサンドイッチを持つ手に、ぐっと力が籠《こも》る。

「――言っておくけど、それでその食べ物を無駄にしたら、あなたが一番残酷な人間だからね」

「はっ⁉　す……捨てるわけないでしょッ！　オネェがせっかく作ってくれたんだから……ッ」

そう言うなり、沙那はがつがつと残りに食らいついた。それを見て、那海の身体から少し力が抜ける。

（ほんと……どうしたの、沙那）

なにかに怒っている……茜に？　それとも、姉《わたし》に？

ただ、刺々しい感情だけが無暗《むやみ》に露出して、気に障《さわ》るものを全て攻撃しているようだな。

なにかに似ている。ヤマアラシ？　それとも、昔拾った捨て猫か。

でも、なんで。

――冬の湖はどこか寂しげで、寒々しくて、それでもなお美しかった。

＊

近くの道の駅で買い物をして帰った頃には、もう夕方に近かった。茜が鍵を開けると、沙那は勢いよくその横を通って部屋の中へ入って行った。玄関の横にある那海の部屋が、バタンっと開け閉めされる音が聞こえてくる。

「あぁもう沙那！　――すみません、今日は車まで出してもらっちゃって」

ぺこりと頭を下げると、龍之介は「ぜんぜん」と手を振った。

「ううん、こっちこそ。今日は、お弁当ありがとう。美味しかったです」

「い、いえ。お粗末《そまつ》さまで……」

言いかけてから、ふっと言葉を飲み込む。「あの」と那海は続けた。

「ごめんなさい。妹がその……嫌な感じにしちゃって」

「別に、たいしたことないよ。妹さん、大学生だっけ？　俺もその頃は、なんかいろいろ考えてたなーって」

くすくすと笑う龍之介に、「えぇぇ……」と戸惑う。

「龍之介さんが、そんな？」

「俺、反抗期あまりなかったから。遅い反抗期みたいなものだったかも」

「あー……そう言われると……」

沙那も、反抗期らしい反抗期はなかった。もしかしたら、反抗させてあげられるだけの安心感を、しかるべきときに与えてあげられてなかったのかもしれない――。

「……俺はさ。それより、春風《はるかぜ》さんがどうしたのかな、と思っていたよ」

「え。わたしですか？」

「うん。いつもよりおとなしめだったから」

「いやぁそんな」

頭を掻くが、身に覚えが――ないでも、ない。龍之介は、まだ微笑んだ目でこちらを見つめている。那海もへらっと笑ってみた。なんとなく、だけど。この雰囲気なら話せるかも、と思う。

軽い調子で言えばいい――なにも、重い話じゃない。

「……実は、猟友会の人から、講演会をしないかって言われてて」

「講演会？」

「いや、小さいやつなんですけど……猟のときとかに、ケガをしたら……とか、そういうやつ。わたし、ここに来るまで看護師をやってたから、話してほしいって」

「あぁ、なるほど」

ぽん、ぽんと、龍之介が相槌を打つ。なんだかほっとして、那海は続けた。

「それを受けていいのか、迷ってて――」

「受けていいのか？　受けようか、じゃなくて」

「あ、うんと。……ようは、看護師から逃げ出したようなものだから。それなのに、看護師として話していいのかなって」

「うん……なるほど」

もう一度、ほっと肩の力が抜ける。

「ちょっと、分かる気がする。俺も今、逃げている真っ最中だから」

「え。龍之介さんが？」

さっきと似たような台詞を繰り返すと、龍之介が苦笑した。

「春風さん、俺のこと誤解してるでしょ」

そんないいもんじゃないよ、と。龍之介の言葉に、那海はただ戸惑う。

「家の事情もあって……俺が鬼頭に戻って来たのは、那海さんより少し前なんですけど。いまだに、この先のことから逃げているもの。冬の間は、スキー場でバイトさせてもらえてるけど」

「スキー場でバイト……ですか」

「そうそう。インストラクターみたいなね」

「……ふつうにカッコいいじゃないですか」

てっきり、自分と同じニートなのかと思いかけていた分、むしろキラキラ輝いて見えた。「あははっ」と龍之介が声を出して笑う。

「俺が言いたいのは、逃げってそんな悪くないよなってことで。そりゃ、無責任になんでも逃げればいいとは思わないし、踏ん張ることで得るものがあるときもあるだろうけれど——でも。一度逃げたことを、そんな背負っていく罪みたいに抱え込む必要も、ないんじゃないかな」

「そう……です、ね」

頷く那海に、龍之介がにこりとする。「それじゃ」と片手を挙げ、走り出す車。

そのテールランプをぼんやりと眺めてから、那海はとことこと玄関に向かった。

「——いいんじゃないの？　やれば」

玄関の上り框《かまち》に腰を掛けた茜が、ぼそりと言ってくる。

「……聞いてたんです？」

「そりゃ、この距離だし聞こえる」

周囲には遮るものもない。それはそうか、と那海も納得した。

「悩んでるんでしょ。悩むってことは、やりたい気持ちがあるからじゃないの？」

「そう……なんですかね。なんか——よく、分からなくなっちゃって……」

ぼそりと、そうつぶやいたときだった。

がらりと、那海の部屋の扉が開く。キッとした表情で、沙那が茜を睨んでいた。いや、那海のことも睨んでいるのかもしれない――。

「オネェに、そういうの押しつけないで！」

それは、まるで子どもが叫ぶような声だった。半分怒って、半分泣いている。そんな。

「オネェはねぇ……オネェは、看護師してて倒れたんだよ？　それなのに、看護師としての仕事……とか、そんなのしたいわけないじゃんッ」

沙那も聞いていたのか。いや聞こえるか、部屋は庭に面しているし――那海はもう半分くらいおかしな気分になっていたが、沙那はそれどころではなさそうだった。

「家族でもないくせに……なにも知らないクセにッ」

「家族だからって、なんでも知っていると思わない方がいい」

そう言い返したのは茜だった。沙那と正反対で、感情のない顔でつぶやくように、しかしはっきりと言う。

「自分の考えばかり押しつけていると、家族だって逃げたくなる」

「……っ」

沙那の大きな目が、見開かれる。ぐぐっと、薄い唇が噛み締められ、手は握りしめて全身に緊張が走った。

「……沙那。いい加減にしな。あなたずっと、茜ちゃんに失礼すぎ――」

自分だって、なにか言わなければ。自分は沙那の姉で、保護者だ。いや、沙那が成人した今、保護者というのも違うかもしれないけれど――でも。これが本当に、遅れてやってきた反抗期だと言うのなら、それを受け止めるべきなのは自分で――。

「ふ……っうううううう」

ぼろぼろと、沙那の目が大粒の涙がこぼれだす。那海は思わずぎょっとした。

「えっえっ、大丈夫⁉　どっか痛いとか……え、いや、お姉ちゃん怒ってるけどねっ？

それは沙那が失礼な態度をですね」

「ぐだぐだすぎ」

ぼそっと茜にツッコまれ、ぐぐっと胸を押さえる。保護者の面目丸つぶれである。

「……オネェは、嫌いになったんだ」

「え？」

「やっぱりオネェは……あたしのことが嫌いになったから……だから、こんなところまで引っ越したんでしょ？　あたしから、逃げたくて――」

「え、ちょ。待って、なんでそうなるの？」

意味が分からない。分からなさ過ぎて、他の言葉がでなかった。那海が呆気に取られていると、沙那はぐしゃりと歪んだ顔で、引きつるような音を立てながらゆっくりと続ける。

捨て猫の顔――。

「あ……あたし、が。看護師を……辞めさせたり、したから……ッ」

「え……」

沙那が、ぐいっと袖で自分の頬を拭う。「はぁぁぁぁ」と大きな息を吐くのも聞こえた。

「……あたしの彼氏……社会人、でしょ？」

「え？　あ、うん。内定先の人……なんだっけ？」

那海が言うと、茜が少しぎょっとした顔をした。

「それって大丈夫なの……？　パワハラ？」

「あー。なんか、大丈夫らしいです。内定もらってから、沙那からアプローチかけたとか」

「うわ、ツヨ……」

「……そこは別によくない？」

ぐすっと鼻をすすりながら、沙那が言う。慌てて、那海と茜は口をつぐんだ。

「なんか、すごく仕事が楽しいらしくて。あたし、仕事ってお給料のためにするものだと思っていたから……なんか、それが最初わけわかんなくて。でも、嬉しそうに仕事の話を聞いてると……もしかして、オネェも、そうだったのかな……って。あたしは」

ぐっと、また一粒。沙那の目から涙が零れた。

「オネェから……大事なものを、奪っちゃったのかな——って」

「……そっか」

それで、わざわざここまで来たのか。その不安が真実かどうか、確かめたくて。打ち消したくて。

那海は一つ息を吐いて、それからぎゅっと沙那の身体を抱きしめる。

「きっかけは……そりゃ、沙那に言われたことかもしれないけどね。でも、それだけで本当に仕事を辞めたりなんかしないよ」

「そう……なの？」

「そうなの。——決めたのは、自分。多分——わたしも、分かってたんだ。今のままじゃ、ダメだって」

腕の中の沙那は、記憶の中よりも大きくて、やっぱり大人で。もう子どもなんかじゃなくて。

「今はね、ここで生活ができて……新しいこともいっぱい経験できて、楽しいよ。……辞めたのは、わたしにとっては間違いじゃなかったんだなって思う。だから……きっかけをくれたって意味で、沙那には感謝してる。ありがとう、沙那」

ぐぐっと、腕の中でくぐもった音がした。その頭を、小さい頃にしたように撫でる。

「だからね、大丈夫。――どこにいても、オネェは沙那のオネェだよ」

那海よりも幼い頃に、理不尽によって両親を奪われてしまい、寂しい想いをさせてきた。気の利《き》く――気を利かせなければ、愛されないのだと。無条件の愛はもうどこにもないのだと、そう思わせてしまっていた。

自分が妹に向けるこの感情は。果たして、無条件とは言いきれないかもしれない。

妹が心から望んでいるものとは、少し違うかもしれない。

自分は姉であって、親にはなれないから。

――それを一番勘違いしていたのは、もしかしたら自分自身かもしれないけれど。

それでも。

「大好きだよ、沙那」

その気持ちに、嘘はない。

「オネェ……ッ！」

沙那が、涙でぐしょぐしょになった顔を上げる。嗚咽を堪えながら、それこそまるで、小さな頃みたいに。

「ごめんなさい……オネェ……ごめんなさい……！」

「わたしより、茜ちゃんにまずは謝って。いっぱい迷惑かけたり、失礼な態度とったりしたんだから」

「うん……ごめん、なさい。茜ちゃん」

顔をぐいっとハンカチで拭って、素直に頭を下げる沙那に、「別に」と茜は笑うでもなく頷いた。

「……確かに今、春風さん――お姉さんと一緒に住んでいるのは私だけれど。血縁関係も、長い間に築いてきたそれ以外のものも、ぜんぶ持っているのはあなたでしょう」

「……はい、ごめんなさい」

もう一度、今度はより深く、沙那は頭を下げた。

＊

真っ暗な外に、しんしんと雪が降っているのを、那海は小窓から見つめた。洗っていた手を拭くと、どこからか入って来る隙間風に身を震わせて、パタパタと洗面所から廊下に出る。ふと、すぐ横に飾られた骨が視界に入って、足を止めた。

真っ白な、美しい角を生やした、鹿の骨格――それをそっと撫でて、台所に向かう。

イスには、茜が腰かけていた。手には、グラスを持っている。

「珍しい――お酒ですか？」

「ん」

茜が空のグラスに、軽く注ぐ。ラベルを見ると、地元の焼酎《しょうちゅう》なのか——酒など久しぶりで、少し恐々舐《な》めてみると、キリっとした強い——でも、すっと抜けていくような後味だった。

「わ、美味しい」

「でしょ。このあたりは、水がいいから——」

そう言って、茜がまだくいっと一口飲む。意外に、ペースが早い。

「茜ちゃんって、もしかして酒豪《しゅごう》……？」

「そんなんじゃないけど。ふだんは飲まないし」

「じゃあ、今日は……？」

「ん……別に、なんとなく、ね」

なんとなく、呑《の》みたくなる。そんな日もあるのかもしれない。那海はもう一口、こくんと飲み込んだ。じんわりと、喉が温かい。

「……沙那、明日帰るみたいです。元々、そのつもりだったって」

「そう」

「すみません、茜ちゃん。わたしがこっち来てから、年末のこととか連絡してなかったから、余計不安になっちゃってたみたいで——」

「本人が謝ってくれたから、別にもういい」

茜の口調は、心底どうでもよさそうだった。しつこくされるのも、茜はきっと嫌がるだろう――那海もそれに甘えることにする。

「なにか、おつまみでも作りましょうか」

「いい、そこに座ってて。あなたを肴《さかな》にするから」

「なんですかそれ」

くすくす笑い合い――ふっと静かな空気が流れる。とぽりと、酒を注ぐ音が響いた。

「……いいね。あなたたちみたいな家族も、あるんだね」

それは、優しい声だった。茜の頬が、少し赤い。

「ちょっとだけ、羨《うらや》ましい」

それは、ただの酔った戯言《ざれごと》なのかもしれない。明日には、言った本人も覚えていないような。

でも那海は、その言葉をなんだか忘れたくなかった。

「家族、って……家に族、ですよね。族ってよく分かんないですけど……でも、たぶん今のわたしたちが思っているより、元々は広い概念だったたんじゃないかなぁって」

「……ふぅん？」

廊下に飾られた、鹿の骨。お風呂のリフォームあと。古くなって、ぎしぎし言う廊下。この家の全部全部に——ここに住んでいた誰かの記憶が、刻み込まれている。

「この《antler》《アントラー》に一緒に住んで、一緒にごはん食べて、こうしてお喋りしてるんですから。わたしにとっても、茜ちゃんはとっくに家族のつもりだったんですけど」

ちらっと、茜を見る。茜はこちらを見ずに、空になったグラスを見ていた。酒に緩んだ瞳に、染まった頬。

「——なんていうか、あなたらしい」

「そうですか？　あ、ちょっと照れてません？」

「うるさい、しつこい。——あ」

不意に、茜の動きが止まった。那海が、首を傾げる。

「どうかしました？」

「そういえば……昼間のパン。あれ、あなたが作ったんでしょ。あれ美味しかったから、明日の朝ごはんにして」

「……っ茜ちゃんって、ほんとそういうところですよねー」

「どういう意味」

あははっと、那海は声を上げて笑った。

「そういうところが、人たらしなんですよ」

「はぁ？」

那海が笑いながら、「ホームベーカリーもいいなぁと思って」と話す。「それもアリかもね」と茜が頷く。

「ねえ」

不意に、茜が真っ直ぐに見つめてきて、その瞳にきょとんとした那海が映り込む。

「なんです？　あ、パンに合うジャムなら、りんごで作ろうと思ってて――」

「違う。そうじゃなくて……山で助けてもらったあと。言うのを忘れてたことがあって」

「忘れてたことと？」

「その……ありがとう、助けてくれて」

それから、と。ほんのり赤らんだ茜の頬が、柔らかくゆるんだ。

「――ただいま」

その瞬間。那海は何故だか、ほんの少し泣いてしまいそうな自分を自覚して。でもそれ以上に、大きな笑みが溢《こぼ》れた。

「おかえりなさい、茜ちゃん！」

外には、台所の明るい光が漏れ出て、白い雪をオレンジ色に照らしている。

――これからますます冬を深める鬼頭地区には、雪がしんしんと、静かに降り続いていた。

最終話　はじめての

「たぶん、聞いたことある方も多いと思うんですけど。この救命曲線にあるように、どれだけ早く心肺蘇生をするかによって、その後の社会復帰の確率がかなり変わってくるんです」

公民館のスクリーンに映し出されたグラフを指し示しながら、那海はマイクに向かって説明する。

正確には――目の前に座る、十名程度の猟友会の会員たちに対して。

「皆さんたちが、もし猟の最中で誰か倒れてしまった場合……特に山の中なんてことになると、救命隊の方々が到着するまで、街中に比べて時間がかかると思います。ですから、その間に心肺蘇生を行って、救命隊に引き継ぐことが大切なんです」

「……でもなぁ、心臓マッサージって、かなり力がいっぺ？　弱くなったジジィ相手じゃ、押したときに骨がぽっきり折れちまったりしねぇんけなぁ」

そう訊いてきたのは、メンバーの中でも高齢な男性だった。「いい質問ですね」と、那海が笑う。

「骨折れるより、心臓止まっちゃう方がずっと危ないので。そこは遠慮しないでやっちゃってください」

そりゃそうだ、と数人が笑う。質問した本人も「ちげぇねぇ」と笑顔を見せる。

「あと、もしそうやって怪我させちゃったり、失敗しちゃったら……もしかして、訴えられちゃわないかなって、心配になることもあると思うんですよね」

那海が付け加えると、笑いがピタリと止まった。「そりゃなぁ」「そんなことあっけね」「知らねぇひと相手なら、あっかもしんねぇべな」

「――そういうことのないように、『善きサマリア人の法』っていうのがあります。簡単に言うと……タダで、善意によってちゃんと相手を助けようとした人が頑張った結果、もし失敗してもその結果の責任は問われないよ、というものです」

「へぇ」や、「それ聞いたことあんなあ」などの声が聞こえてくる。那海は大きく頷いた。

「なので、もし山や……山じゃなくても、倒れて大変なひとがいたときには、助けることを躊躇《ためら》わないでくださいね」

言いながら、かつて駅で倒れたときに、救急車を呼ばないでくれと願ってしまった自分を思い出す。いや、呼んでくれて実際助かったのだ。あんなことを考えてしまうくらいに、当時の自分は自覚なしにおかしくなっていたんだろう。

「――じゃあ、座学はこれくらいにして、実技も練習してみましょう！　さっき話した、止血方法の方もおさらいで。消防団の方が、お人形を貸してくださったので……あ！　リズムはですね、うさぎと亀の歌に合わせるとちょうどいいですよ！」

＊

約二時間の講習会を終え、那海はぐったりと講義室のテーブルに倒れ込んだ。

「つ、つかれたぁぁ……」

「お疲れ様」

その声に顔を上げると、すぐ側に茜《あかね》が立っていた。

「あ……あ……」

「ゾンビみたいで怖いんだけど……。さっきまで、ハキハキ喋ってたのに」

「いや……なんか、電池が切れちゃって……」

孝臣《たかおみ》から打診されていた、猟友会対象の講習会。年の瀬も迫《せま》ったこの日、公民館を借りて小規模に開催されることとなった。

こんな慌ただしい時期になってしまったのは、那海が返事を渋っていたからと、猟期中に少しでも早く行いたいという孝臣の思惑との関係だった。

公民館も明日からは休みに入るということで、本当にギリギリだ。孝臣が声をかけてから数日で、十人も集まったというのは奇跡に近い。参加者の中には、街からわざわざ登って来た人もいたそうで、孝臣の顔の広さを感じる。

あとはやはり、先日の巻猟《まきりょう》で遭難者が出たばかり、というのが大きいのだろう。

「わたし……ちゃんと喋れてました……？」

「私は変だとは感じなかったけど。……上出来じゃないの？」

茜の言葉に、那海は「ふはぁ」と奇妙な声を漏らした。

「茜ちゃんにそう言ってもらえたなら……わたしはもう、後悔はないです……」

「ちょっと、寄りかかってこないでくれる？　重いの」

ガチャリと扉が開き、慌てて那海は茜から飛び退いた。入って来たのは、今回の主催者である孝臣だった。

「お疲れ様、春風《はるかぜ》さん。いやー、助かった！　それによかったよー。なぁ？」

孝臣さんの「なぁ？」は、後ろから続いて入ってきた、公民館の職員に対するものだった。中年の男性職員が、穏やかに「はい」と頷く。

「せっかく看護師の方がいらしてくださったんですから、せっかくなら猟友会の方々だけでなく、地域の方にも話を聞かせていただきたいですね。特に、この建物が併設されてる園の保護者の方など対象に、お子さんの応急手当てなんか、公民館主催でやってみてもいいかもしれないなと、お話を聞きながら思いました」

「はぁ……でも、それなら救急救命士の方の方が……より、専門的ですし」

「それはそうかもしれませんが。地区にこういう専門の方が住んでいらっしゃるんだと知ることが、住民の皆さんにとっても心強いと思うんですよね。――もちろん、春風さんのご都合とか、お気持ちを尊重してですが」

「はぁ……なるほど」

疲れた頭でぽけっと考えていると、孝臣さんが「そうだ」と自分の鞄に手を入れた。そこから、白い封筒を取り出す。

「これな。少ないけど、今回のお礼ということで」

「う、えっ！　い、いいんですかわたしがいただいちゃって⁉」

「講師やったのはあなたでしょ」

茜の静かなツッコミに、「それはそうだけど」と口ごもる。

「もらってもらえると、こっちとしてもまた頼みやすいからなぁ」

「えー……えっと、じゃあ……頂戴いたします。ありがとうございます」

両手でそっと受け取る。中身はここでは見まい――と思ったが、封筒の裏には金額が小さく書かれていた。

「ゆ……諭吉サマ……っ!?　あのっ、二時間しか喋ってないんですがっ」

「でも、あの資料とか準備すんのにも時間かけてくれてんべ。足りねぇかなぁとも思ったんだけどな。まぁ、今度おっちゃんが美味しいもん奢《おご》ってやっから、勘弁してな」

「いやぁそんな……ありがとうございます……」

ひたすらぺこぺこと頭を下げながら、公民館を後にする。

隣接する園庭では、二人の子がブランコで遊んでいた。ここの園児なのだろうか。付き添っているエプロン姿の女性が保育士か。きっと彼女らも、今日が今年の仕事納めなのだろう。

「……あなた、ニヤケすぎ」

「えー。いやだって、なんか嬉しくて」

へらへらと歪む顔をぺちぺちしながら、リュックの中に丁寧にしまった封筒を思い浮かべる。

「ここに来てから、初めてお金を稼ぐことができて。なんていうか……新しい生活がちゃんと始まったんだなぁって……」

「……看護師に、未練はまだ感じる？」

「んー……未練っていうか、楽しかったなとは、正直思います。だから、変に引きずっても仕方ないなって、思えるようにもなったし……今日の話も受けられたわけで」

講師をする、と決めてからは行動も早かった。孝臣の言う通り、分かりやすいよう——そして高齢者にも見やすいよう、資料作りには気を配った。

「……『逃げた』ってわだかまりはまだ……正直ちょっとありますけど。でも、それでわたしの看護師だった数年間が無駄になるわけじゃないんだなぁって、今日感じることができたので……」

「また依頼来ちゃうかもね、先生」

「あ、ちょ。先生はやめてくださいよ！」

ベシッと背中を叩こうとすると、茜はひらりとそれを避けて、駐車場の軽トラに飛び乗る。スカッと腕は空振りしたものの、那海もそれを追うように、助手席に乗り込んだ。

「あの、せっかくだからちょっと遠出して、買い物して行きません？　わたし、今日無敵なんで」

「……一万円で無敵」

「なんでですか！　めちゃくちゃ強いですよいちまんえんっ！　ハンバーガーだってセットで買いまくりですよっ。あ、あと年越しうどん作るのに地粉《じごな》買いたいです」

「年越し……蕎麦じゃないの？」

「いやー、まずは手作りチャレンジするならうどんからかなーと思って。蕎麦は難しそうで……」

「地粉でできるの？」

「たぶん。新しいチャレンジなんでやったことないですけど。あ、茜ちゃんも一緒に生地をふみふみしてくださいね」

バタンと、両方の扉が閉まる。カタカタ音を立てながら走っていく軽自動車は、ぐるりと坂をくだり、白い雪景色の中をどこまでも走っていく。

どこまでも、軽やかに。


〈了〉

本書は書き下ろしです。

この物語はフィクションです。登場する人物・団体・名称等は架空であり、実在のものとは関係ありません。

いろどり
ブックス　EYEDEAR!

おかえり。ただいま。いただきます。
〜わたしと彼女の獲れたてごはん〜

2024年6月14日　初版発行

著　者　綾坂キョウ
装　画　しまざきジョゼ
発行者　百百百百
発行所　有限会社 EYEDEAR
神戸市須磨区西落合6-1-57-304
TEL/FAX 078-791-3200
https://note.com/eyedear
印刷所　株式会社精興社
装幀者　有限会社 EYEDEAR
校正者　梧桐彰／百百百百

ISBN978-4-911046-02-9 C0093